PHILIPPE JACCOTTET
夜晚的消息

Poésie
1946 - 1967
Préface de Jean Starobinski

〔瑞士〕菲利普·雅各泰 著

姜丹丹 译

著作权合同登记号　图字 01-2019-4166

Philippe Jaccottet
Poésie：1946-1967
Préface by Jean Starobinski
© Editions Gallimard，1954，1958，1967，and 1977 for Philippe Jaccottet's poems
© Editions Gallimard，1971 for the préface by Jean Starobinski
All rights reserved

图书在版编目(CIP)数据

夜晚的消息 /（瑞士）菲利普·雅各泰著；姜丹丹译.
—北京：人民文学出版社，2020（2024.2 重印）
（巴别塔诗典）
ISBN 978-7-02-015723-5

Ⅰ.①夜… Ⅱ.①菲…②姜… Ⅲ.①诗集-瑞士-现代　Ⅳ.①I522.25

中国版本图书馆 CIP 数据核字（2019）第 192751 号

| 责任编辑 | 李　娜　何炜宏 |
| 装帧设计 | 高静芳 |

出版发行	人民文学出版社
社　　址	北京市朝内大街 166 号
邮　　编	100705

| 印　　刷 | 凸版艺彩（东莞）印刷有限公司 |
| 经　　销 | 全国新华书店等 |

字　　数	80 千字
开　　本	889 毫米×1194 毫米　1/32
印　　张	7.5
插　　页	5
版　　次	2020 年 1 月北京第 1 版
印　　次	2024 年 2 月第 2 次印刷

| 书　　号 | 978-7-02-015723-5 |
| 定　　价 | 65.00 元 |

如有印装质量问题，请与本社图书销售中心调换。电话：010-65233595

目录

用白昼的声音言说
 让·斯塔罗宾斯基 _1

苍 鹭 _1
 夜是一座沉睡的巨城……
 你在这里,风之鸟盘旋……
 因为我在生活里是个异乡人……
 现在,我知道了,我什么都不拥有……
 正如一个人喜欢待在忧伤里……
 别担心,它会来的……

维纳斯港 _12

夜晚的消息 _13

内 部 _15

阿格里真托,一月一日 _16

仙女园 _17

穿 越 _19

_2

播种期 _21
河流和森林 _29

无知者 _33
在夜与昼之间的祈祷 _35
写给播种期的新笔记 _37
凌晨笔记 _38
致清晨 _42
秘　密 _44
耐　心 _45
声　音 _46
冬　天 _47
无知者 _49
诗人的劳作 _50
葬礼的聚会 _52
茨冈人 _53
六月二十六日的书信 _54
不期而至 _56
踩着月亮的脚步 _57
空中的话语 _58
理　由 _60

遥望伤口 _61

房　客 _63

愿终点把我们照亮 _65

不平等的战斗 _67

在暴风雪的漩涡里 _69

冬　阳 _71

在幽暗里的宣言 _73

距　离 _75

夏末的散步 _76

亡灵书 _78

风 _85

冬　末 _87

　　很少的东西，一无所有驱逐……

　　泪水的播种期……

　　在冬日残存的草丛……

　　真与非真……

夏日拂晓的月 _91

冬　月 _92

　　青春，我把你耗尽

黑夜的最后一刻 _94

在大地到了尽头的地方……

　　　噢，黑暗的伴侣……

　　　在冬天树林的围篱……

鸟、花和果实　_98

　　　一截麦秸高高地飘在晨曦里……

　　　所有的花都只属于黑夜……

我行走……　_100

　　　正在燃烧的撕裂玫红的……

　　　到了夜的最尽头……

　　　一只玫瑰色的鸥鹭在地平线……

　　　眼睛……

　　　什么是目光……

　　　啊！牧歌再一次……

　　　我不想再停栖……

雨　燕　_108

　　　在白昼温柔的热情里……

果　实　_110

　　　云缓慢的影子……

　　　八月的雷电……

　　　果实随着时间愈加变青……

　　　斑鸠的忧虑……

　　　树叶或大海的波光……

谁都不能居住或进入的地方……

十月的田野　_119

　　　完美的柔和，呈现在远处……

　　　整整一天，卑微的声音……

　　　羊群在牧草丛……

　　　大地整个是看得见的……

　　　苹果散落……

　　　在空间里……

鸟　_125

黎　明　_126

　　　我难以放弃意象

树木（Ⅰ）　_128

树木（Ⅱ）　_129

树木（Ⅲ）　_130

　　　我将在我的目光中保留……

　　　在我的眼睛里，却将有……

　　　云高高地挂在蔚蓝色的空中……

世　界　_134

　　　石头的重量 思想的重量……

　　　蓝颜色的花……

安宁……　_136

　　　世界之初，并不重要……

接受，做不到……
食　粮　　_139
世界从撕裂中诞生……
愿　望　　_141

功　课　　_145
愿他一直在房间的四隅……
过去……
葡萄和无花果……
我从此只想远离……
莫非第一下，是第一道……
我曾以为在他身上读出的，
当我勇敢地去读时……
在最遥远的星辰和我们之间……
缄默。词语的联系开始瓦解……
"谁能帮我？没有人会一直来到这里……"
现在，这压在我们的身上……
我们可以把这称为恐惧，垃圾……
苦难……
一抹简单的气息，一个空中轻盈的结……
人们撕裂它，拔断……

没有了丝毫的气息……

这已不再是他……

我抬起眼睛……

孩子，在他的玩具堆里挑选，

选了人们放在……

假如他（那个一向无知的人？）……

度假的人说，不如说我只有一个愿望……

而现在，我整个人在从

天而降的瀑布里……

然而你……

风景、诗及其他（跋） _172

用白昼的声音言说

让·斯塔罗宾斯基

当我们靠近雅各泰的诗歌时，一种信任被唤醒。当我们的目光从一个字挪到另一个字，看见一种正直的话语在展开：话语置身在意义里，如同合调的音乐居住在旋律里。这话语没有任何的虚假，没有任何的魅惑，也不戴任何的面具。我们无需狡黠作中介，就可以放心地接纳它，它毫不迂回地舒展在我们面前。一种赞叹，一种感激之情攫住了我们的心：因此，诗的吟诵，诗意的（但摆脱了所有雄辩的伪装的）话语都是可能的，从来都是可能的！然而，在审视当下的大多数作品时，我们却似乎需要对这种可能性感到绝望，从而只遇到往昔**诗歌**的破碎的记忆……

菲利普·雅各泰唤起读者对他的信任，无疑，这归于他强加给自己的原则，迫使他保证写下的每一个字：他小心翼翼地避免夸张、隆重和浮华；他拒绝一些过于耀眼的意象；他憎恶轻率。对他而言，若不能每时每刻用生活的姿态、用感知到的世界本真的细微差别、用思想的确信（哪怕很少的确信）来为他的诗歌打上标记，那就是重大的罪过。在此，我们多么远离那种自由放纵、偶然遭遇、信手拈来的诗学观！我们也多么远离一切放肆无疆的结构！在每一个字上，我们不仅读出诗人投入的出人意料的厚意，还辨别出他所给予的（时而颤抖）赞许，为了保证这个字的有效，准许它书写在纸面上。菲利普·雅各泰从来只说他认为**能够**说的。这应当被命名为雅各泰的诗歌的伦理基础：他既不认为"真理"是一个虚妄的词，也不认为在一个牢不可破的契约上把真实与诗话语结盟是虚幻的尝试。雅各泰的诗歌所汲取的力量，既不来自即兴发挥的能量，也不来自随意组合的机巧，而是来自诚实的、持久的对真实性的苛求：正因这种苛求既不借助任何假定的知识，也不借助任何不变的信仰，它愈加不可抗拒。因为它唯一的依据，就是与世界保持提问的关系。事实上，重要的是要明确这一点：对雅各泰而言，真理——在纠缠我们的众多谎言的包围中它那么难以保存——既不是一种信仰，也不是一种思想的体系，甚至也不是一种情感的传达。真理呈现在与世界维持的关系的品质之中，在和与我们面对面、又逃逸的事物维持的关系的不断新生的准确性之中。雅各泰诗学体现出直率的特征，但并未因此陷入长期以来文学作品追求"诚恳性的思虑"遭遇的困难之中；在这里，"存在"在整体上构成寻找，对诗人来说，忠实于自己——忠实于真理——并不是要表达某种先验存在的"本质"，而是陈述词语本身所包容和发展的"探寻"。在雅各泰的作品中，一种表面的悖论将"无知"与"真理"相结合，使"无知"成为接纳最珍贵的"真理"的容器——其前提在于，"无知"始终处在不安现状的状态，向世界之光所有的偶然性敞开。

我们可以感到，对诗人雅各泰来说，关键的准则不只在于探究他的个人生活：而在于为读者展现一种诗话语，让它与所指称的事物建立一种**恰如其分**的关系，以此作为具有感染性的范例。让我们只期待一个诗人公正的才能吧，我们应当对他感恩，仿佛他向我们揭示了准确性本身：因为恰到好处的准确性有了交流的可能性，构成人类对话的未来的担保。这原本属于诗歌语言的基本功能，假如今天它不是被用各种方式遮蔽的话，我们就无需在此加以强调。

因而，在此，诗人自称"我"的嘴，呈现在它的话语中，以它的话语被暴露。暴露，也就是说把自身交付给风险，丧失了全部的援助。但首先，它出现在场，正如一个人一样在场。由此出发，雅各泰抵御了至今依然相当普遍的"作者"的诱惑，将文本的作者驱逐出境，让写作成为一种没有主体的活动，只在其自身中找到能量。但是，菲利普·雅各泰并没有磨灭他的身份，也没有在他的话语中缺席。诗人总是希望与他的声音联成一体，而不是让它进入虚构的角色之中，也不让它在其中分裂成彼此争斗的多重形象。"洗碗的人"（取自诗集《无知者》中一首美妙的诗①）展开的并不是一个异样的身份，而是一个透明的寓言，一个略有点嘲弄诗人创作本身的形象。雅各泰似乎不允许他的话语让位给某个替代性的声音，因此，他就不会受到戏剧性和复调式创作的诱惑；他也更不会把诗遗弃给无人称的语言、托付给在无人居住的地平线上自给自足的生命。于是，他成为叙事者——比如在作品《晦暗》中——这意味着摆脱他自身的影子，也摆脱内在的反驳者，绝望的话语并不代表彻底的陌生化。

如果雅各泰的诗依然与言说的人有关，那么，我们立即就要补充一点，即它并不受到一个专制的个性

---

① 《无知者》，伽利玛出版社，1958年版，第66页。——原注

的支配，也不受到在意用独特的风格和前所未有的语言烙下印记的人格的支配。菲利普·雅各泰的作品最令人钦佩的地方或许正是在此：如果说它并未放弃与宏大的抒情传统不可分割的"表达功能"，那么，它所对应的主体是最内敛的，考虑如何把自我的在场减轻，使之化为几乎看不见的隐形。雅各泰的文本始终属于一个个自我，"我"，但它们摈弃了主体的所有权威：只是提问，只是带着忧虑的敞开，只是简单的朴素。它们很少提及自身：它们言说缺失的事物，言说所追随的事物，还有时而发现、却往往无法留住的事物。如果我们关注菲利普·雅各泰写作的演变过程，就会发现有一种总在增强的退隐与克制，这与他的诗歌的进步并肩同行，提高了作品的透明性的可能：我们看到，在《苍鹄》的某些诗作的字里行间勾勒的自传性细节在逐渐地消失。在《无知者》开篇的《夜与昼之间的祈祷》一诗中，诗人祈求："愿黎明/抹去我自身的神话，用它的火遮住我的姓名"[1]。在随笔集《播种期》的开头，我们则读到："对于自我的执着，增强了生活的不透明"[2]。诗人热烈地渴求光明的增长，

---

[1] 《无知者》，第 51 页。——原注
[2] 《播种期》，第 76 页。——原注

一切的发生，仿佛是付给苦行修炼的酬劳，而意识在其中把它自身的在场几乎化为乌有：

愿隐没成为我发光的方式。

但是，这种"忘我"既不意味着搁置所有的主观意识活动，也不意味着一种绝对匿名的愿望。我们上文引用的诗句并没有排斥"自我"。虽然个性主体谦卑地致力于隐退，但它始终还在，在潜伏之中，却从此剥落了它自身的故事，更广阔地朝向世界的现象敞开，更适合于"用白昼的声音言说"。意识摆脱了自我的顾虑，只是更自如地面对在它看来很重要的外界事物，并与之保持一种更恰如其分的关系；面对我们每天置身其中的宏大的自然场景；面对被前苏格拉底派的哲学家称为神圣的物质元素：大地，空间，空气，光线，风和时间。每时每刻，菲利普·雅各泰的诗话语从不中断感受的职责，它不断地寻求必要的"对撞"，不断地归纳它走过的路。在这话语中，混乱和迷失从来不会取胜；在一切之上，面对世界的宣讲，它保留了回答的权利，保留了说出它身在何处的能力，哪怕是为了坦承它的匮乏和困惑。这话语拒绝封闭在自我内部的骄傲，但言说它始终确信的哪怕极少的事物，充分地把握词语的运动。类似《功课》这样的标题很说明问题：面对事物的现实（在此指的是一种缓慢衰亡的现实），菲利普·雅各泰感到，不能不做一种精确的阅读，一种解码式的阅读：学习，通过"功课"一词的补充性涵义，成为如歌的飞跃，成为宏大的"黑暗的授课"。由于诗人需要聚集注意力的全部能量，来记下（如同改写）呈现给阅读的本真性的文本，那么，"自我"如何接受取消自身，最感性的在场怎能不被需求？另一方面，正因对诗人来说，最珍贵的在于完整地接纳世界表象所给予和涵盖的全部信息，那么，诗人如何介入呢？

如果诗人隐没了自我，如果诗不接受充分自给自足的客体的地位，我们是否会看到某种"空"在凹陷？是的，但那"虚空"，正是他者的位置，是诗歌追求却无法抵达的事物的位置，是诗歌对抗或欲求、却无法捕捉的东西的位置。诗人通过他所命名的事物，指称那无法命名的事物。诗人把存在的局限强加给自身，也同样把它强加给诗歌，来回应他决意面对的广袤的存在，诗的声音和目光朝向存在，架出一座断桥的细致的拱形。但是，诗尚且可以言说的走出很远：这是一种美妙的闯入，跨越了部分的中间地带。但诗人跨越的永远只是一部分，诗人的唯一希望在于用他尚且能够说的词语接纳他无法抵达和把握的事物的投影：光明、死亡或危险。

这就意味着，雅各泰的诗甚至宣称从来不要自给自足，也从不让声音可触及的任何事物遗落。因此，在雅各泰的笔下，诗的轮廓如此坚实，句法既清晰又柔韧，个人激情的表达方式那么触动人心，既怀有抱负，又极其谦逊，这一切透过无个性化、纯粹的吟诵展开。因为，雅各泰的追求极高，却又决意从最低处出发。雅各泰的写作具有完美的可读性，他时常重复（这在他的散文作品中尤为明显），为了言说得更清楚，用一再的修改趋向简单，在我看来，这一切表征着他在寻常生活中找到起点，正如他确认和表白热爱光明：是的，他那么热爱光明，以至于他希望光明穿梭在字里行间，他小心翼翼地让写下的每一行对读者来说都是一条明晰的路，哪怕诗中言说的是黑夜与阴影。他选择平常的字眼，克制隐喻性的跳跃，尊重"自然的"组合和语言的常规句法，却在他敏感的手指下实现了富有新意的众多变幻：因而，在雅各泰的每一个文本中，我们立即成为文本的参与者，而不是被直接地呵斥或挑衅。在文本的感知层面上，诗人丝毫没有设置任何栅栏，我们被带入一片明澈的气息中，被接纳、容身其间。困难并不在接近诗、靠拢诗的四周时产生：它被更好地设定在诗的意旨的领域，在其中，诗人的问题与我们每个人可感受到的在自身命运的远方苏醒的问题相遇。因此，我们的目光能尾随着雅各泰的诗，可以和诗一起自由地潜入最深处，在空间里打开云隙，遭遇边界，在边界处，抵达与世界的亲密接触的情感和未能满足精神任务的遗憾相汇合，一道活跃。在菲利普·雅各泰的作品中，明晰性从来不是轻而易举的：它是一种额外的风险，摈弃了所有虚假的屏障，在光天化日之下，把我们带到最后的障碍面前，带到与最宏大的光的眩目相交融的终极的、或原初的敌对性的面前。

*

雅各泰也有为数众多的翻译作品、批评著作（如《缪斯的对话录》、《居斯塔夫·胡》、《赖纳-马利亚·里尔克》），以及散文随笔（如《树下的散步》、《梦想的元素》、《具像缺席的风景》），这与他的诗歌创作形影相随，其中的一些文学作品带有叙事性的特征（如《晦暗》），或与诗歌含蓄地糅合在一起（如《播种期》）。如果我们不管时间的顺序，仅仅审视这些书籍呈现给我们的整体的风景，就会看到：诗歌是其中的王冠，是最高的山脊。我们看到，一条耐心的道路铺展，好比透过依次相连的阶梯，通向诗意的可能。人们不禁要把这条道路比作传授奥秘的某种探寻，其回报不是赐予的某个物件，也不是揭示的某种道理，而是一种内在力量的绽放，这绽放永远更自由、更纯净，也更加显露，因而，什么都不能确保它的保存和延续。如果我在这里讲到"力量"，它指的是感受力的敏锐，是接纳和承担创伤的能力，也是一种积极的力量，转向语言的质感以及词语的准确关系的把握。

　　无疑，在作为译者的体验中，雅各泰已经历练了这些美德。何为翻译？换言之，或许就是用自身去接纳，首先，难道不就是只成为专注地倾听陌生的声音的一只耳朵吗？难道不就是以我们母语的资源，为这个声音赋予一个躯体，来延续原初的音调的起伏吗？任何真正构成大器的翻译均需要确立一种透明度，需要创造出一种新的语言，来承载先存的意义：通过菲利普·雅各泰的翻译，穆齐尔、翁加雷蒂、诺瓦利斯、荷尔德林、里尔克正是用这样的方式走近我们。这样的译作，构成富有创造性的媒介。

　　我可以说菲利普·雅各泰的"批评性"作品和翻译作品达到同样的境界，但还是有一点差别：雅各泰的批评具有一种对话般的坚实结构，即使体现出充满热诚的接纳，却总是交叠着一种回应。对雅各泰而言，最重要的莫过于拥有美妙参与的可能，他用毫无保留的赞同，从阅读过渡到协奏。但这种协奏只有在极其纯净的作品呈现时才成为可能。他为此设定了非常高的、苛刻的条件。在必要时，雅各泰会运用他的批评才华，坚决地说出造成他不能充分进入一部作品的障碍所在。他绝非对优美无动于衷，但他有勇气标示出差别和他的偏爱（这正是他的著作《缪斯的对话录》的一份功绩），简而言之，就是作出判断（当代批评的一个流派彻底拒绝这样做，却有损于批评活动本不应放弃的选择性的功能）。雅各泰献给居斯塔夫·胡或里尔克的评论作品之所以如此动人，正是因为这些评论的话语中总带着一向明显的个人音调，自始至终把我们引向绝对倾听的时刻，在其中，诗歌得到赞赏——它被评论映亮、颂扬——它呼吸，并散发自身生命的光彩。

在雅各泰对于其他诗人的阅读中，总贯穿着一种对于世界的提问。为了体会这一点，我们只需翻开他的著作《树下的散步》、《梦想的元素》或者《具像缺席的风景》。穆齐尔、罗素或荷尔德林构成了雅各泰的思考的出发点：一旦当他感受到这些迷人的作品的召唤，他的思想就会继续上路寻找证据，用完全独立的方式寻找，没有援助，没有向导，只把它与事物保持的脆弱关系作为标准。此后不久,他的思想不再仅仅回应所喜爱的文本,而是合理地搁置文本本身,去文本的周遭看一看,与真实展开一种辩论,并为这辩论投下尽可能高的赌注。因而,诗人的目光总投向面前的世界。他的思考运用第一人称,在此中汲取源泉,并不是一个封闭的、自言自语的独白,也不是根据逻辑的约束加以调配的话语。它始终是一种对话的运动,却又是一种内在化的对话,尽管它的表述如此"流畅"和悦耳,却总处在带着喘息的不平静之中,让一切无法成为既得的安宁。因为,在一个词语及其对立面之间,在外部的场景和内在的冥思之间,甚至在冥思的内部,在一方与另一方的话语之间,在怀疑及其反驳之间,有一种运动从未停止:带着忧虑的辩论,执拗的不满足,若不是在停歇处或者奇迹般的云隙处(这来自一种极致的专注,或也许来自一种至上的漫不经心),蓦然间,只有巅峰映进眼帘,只有光明在言说:时间从一首诗中逃逸……而且,通向诗歌的路——一段曲折蜿蜒、自由、又不乏迟疑的途径,遍布启示性的符号——路本身已嬗变为诗,以它的陈述体现的恰如其分的美德,以它向世界提问的"音调"的优雅,化身为诗。如此,吟唱的设想或愿望本身,化为诗。对于诗的靠拢和欲求具有了诗的形象,

哪怕是在下文中可见的雅各泰的克制的风格里:

> 梦想写一首诗,犹如一部音乐作品一样明澈、一样生动,带有纯粹的喜悦,却不冰冷。我遗憾不能成为一个音乐家,既不能具有其技巧,亦无其自由。梦想一段寻常话语的音乐,在这儿、那儿衬托着一个装饰性的倚音,一个清澈的颤音,赋予心灵一种纯粹又宁静的乐趣,带着些微恰到好处的忧郁,因了一切事物的脆弱。我越来越确信,如果有可能的话,没有什么比创作这种音乐更美的才能了,这音乐之所以扯动人心,不是因为它所表达的东西,而是因为它的美本身[1]。

云隙是短暂的,诗的飘逸的饱满,也是转瞬即逝。在长久的靠拢之后,视觉仅在瞬间给予我们,在幻象之后,重新产生了与看见的(或者只是隐约见到的)事物的分离和不确定。但我们是否能够期望更多呢?菲利普·雅各泰认为不行。有的人宣称拥有确

---

[1] 《播种期》,第17页。——原注

信，希望做一个"真实生活的栖居者"①，祈求绝对的爱的微光永不枯竭：无疑，在雅各泰的眼中，这都是致命的错误，注定会导致最严酷的惩罚。在他的三部杰出的作品中，雅各泰都将断定"拥有"的假设作为起始的主题：《无知者》从讲述一个"吝啬鬼"的故事开始，揭露那种"不知要多么久顾惜财产的烦恼"②。如果说他在《树下的散步》中提到爱尔兰诗人威廉姆·罗素（William Russel，又简称 A.E.）的神秘主义的追求，如果说他在《梦想的元素》的开头描述了奥地利作家穆齐尔渴望回到天堂的梦想，如果说他在令人钦佩的寓言性叙事作品《晦暗》中让我们听到一个曾一度自诩为"超前的胜利者"的失意的老师那充满绝望的抱怨，——那么，雅各泰经常迫使自己去了解留给骄傲的意愿的无名灾难，这种灾难也留给那些断言在双手之间掌握、保存和把持真理的人们，那些人为"无法捕捉"的事物赋予名称，认为可以超越表象的地带，从而深入到经久不变的本质的王国。如果说雅各泰执意地揭示这些错误，那么，我们明白在他的情感中也不乏钦佩，有时，也许他还分担

---

① 《晦暗》，伽利玛，1961，第166页。——原注
② 《无知者》，伽利玛，1958，第13页。——原注

了错误的鲁莽。但是，为了始终保持诚实，我们应当像雅各泰那样承认："光并不给予寻找它的人"，高处不能成为我们恒久的居所，而阴影会不断地战胜我们。伊卡洛斯[①]坠落，在波涛下消逝，这只是在风景里发生的一桩毫无意义的事件：于是，我们看到了大地，劳动者和他缓慢的耕作，已开始耕耘的犁沟，四季轮回、现象更迭交替的世界。在这个世界里，美显然并没有缺席，但否定性的力量，死亡、苦难、"唾沫"不断地威胁我们，即使人们远离城市——这个由沙石和苦痛构成的大都会：这个无法栖居的世界正是我们唯一的共享，而假若我们转身离去，则会一无所获。

"还剩下什么"？在雅各泰的作品里，这个问题不断地更新，越来越近，被一再强调：诗人用不可挽回的方式提出禁止，来反对骄傲的意图，并发出这样的疑问。

还剩下什么？或者只有可称为诗的这种提问方式，好似从界限之中汲取一种吟唱的可能，在

---

① 在希腊神话里，伊卡洛斯与父亲被囚禁，他们用蜡塑成双翼，一起逃亡，在途中，伊卡洛斯不听其父的劝告，飞近太阳，蜡融而翼落，坠海而死。——译注

某种程度上是在深渊上获得支撑的可能,为了伫立其上,或者跨越(为了消除深渊);一种讲述世界的方式,并不去解释世界,因为那样会把世界凝固或者消损,而是要呈现世界本身,呈现它同样滋养着的对于回答的拒绝,因为不可渗透而生动,因为恐怖而美妙……①。

因而,剩余下的是一种伟大的贫瘠,一种完美的裸化,一种庞大的风险,没有任何许诺可以平息这一切,哪怕只用意象。"一百次,我都会说:剩下给我的,几乎什么都没有。②"但雅各泰立即又写道:"但这好比一扇小小的窄门,必须从门里经过,除此以外,什么也不能证明空间不如人们梦想的那么大。仅仅需要穿过这道门,而且它也不会最终关闭。"诗人仅仅是一个无知者,仅仅拥有一种脆弱的话语,毫无保障,背依黑暗和空无:这就是需要不断地重新启程的处境。重新出发,重新开始:这等于说,雅各泰不赞同静止的状态,也不与失败妥协。如果"真正的地点"不可抵达,那么,相反的错误就是固执地坐在黑

---

① 《梦想的元素》,伽利玛出版社,1961,第153页。——原注
② 《播种期》,第57页。——原注

夜里，任自己绝望地深陷，正如《晦暗》中那个失败的老师。当雅各泰写道："从空无出发，这就是我的法则"①（这句陈述具有深邃的揭示性，让-皮埃尔·里夏尔 [Jean-Pierre Richard] 在他的那篇精彩的研究的标题下引用，作为题引②），在其中，我们找到他所宣讲的一种必要的根源——"空无"——但也是一种出发的标志。在大地的路上出发，没有征服的企望，没有确定的目的地。但源自黑夜和空无的话语升腾而起，承载着渡向光明的机会。怎样的光明？不是彼世的光，而是这个世界的每一个拂晓的光，携带着它自身沦陷的风险。于是，我们明白了为什么从总体上来看，雅各泰必然成为书写破晓时分的最卓越的诗人之一，也正是他能够写出如下的诗句："不确信是动力，阴影是源泉……"③，"在我身上，以我的口，言说的从来只有死亡。一切诗歌皆是赋予死亡的声音"④。

仍然被无尽头的黑暗支撑

被粗暴的夜在背部推促

---

① 《播种期》，第 59 页。——原注
② 让-皮埃尔·里夏尔，《现代诗歌研究十一篇》，瑟伊出版社，1964，"菲利普·雅各泰"，第 257—276 页。——原注
③④ 《播种期》，第 23 页、29 页。——原注

在这十一月的凌晨精疲力竭
我看见冰冷的犁铧向前，炯炯发光
而后面，在渐增的光线里
阴影在耕作①。

于是，我们就明白了是怎样亲密的关系将两个方面联结，一方面，各种可见物之间的穿梭，季节的更迭，星辰的经过，从黑夜到白昼的过渡；另一方面，诗的话语本身被雅各泰界定为"气的过渡"。让我们再一次引用雅各泰的原文，因为他用最透澈的明晰阐述了他的思想："话语-过渡，留给气息的敞开。我们也热爱山谷、河流、道路和空气。它们赋予我们气息的征象。一切都不是已完成的。要让人感受到这种气的呼出，世界只是气的瞬间形式"②。

因而，在雅各泰的散文和诗歌作品中经常出现的风景带有象征性的意义，它没有穷尽在描写之中：明亮的高度，簇拥着鸟群的空间和风的建筑，这显然是可见的世界的形象；然而，过渡的话语也可以变成：光，气息，飞翔和清澈的呼喊。诗既是话语的飞跃，同时也是呈现在眼前的空间的舒展。这两个方面

---

①② 《播种期》，第26页、43页。——原注

的统一在"经过"的行为中实现,也就是说在过渡性表象的领域,在无法避开死亡和界限的法则的寻常世界里。我们注定属于有限的世界:不能忘却那给予骄傲的人们的惩罚的严酷的教训。然而,热爱无限的情感却不无延续,生机勃勃,为我们的局限赋予意义——这是我们无法言述的一种"无限",但若没有它,我们任何有限的字词都无法成形。"无限",在菲利普·雅各泰看来,这或许就是我们可以留给那从前被称为上帝的形象的唯一名字。如果说雅各泰的诗歌不再渴望拥有无限,它也不再转身离开无限。"所有的诗歌活动致力于协调,或者至少靠拢有限与无限,明与暗,气与形〔……〕美有可能诞生在有限与无限同时成为可见的那个时刻,也就是说,当人们看见一些形式时,同时会猜测到这些形式说出的并不是全部,它们并不是缩减为其本身的有形,且为难以把握的事物保留了位置[1]"。

---

[1] 《播种期》,第40页。——原注

苍 鹄

(1946—1950)

夜是一座沉睡的巨城

风在吹……从远方吹来，直到

这张床笫的避难所。这是六月的午夜。

你睡着，有人带我到无尽的边际，

风摇动榛子树。传来那声呼叫

靠近又退远，我敢说

有一缕逃逸的光，穿过树林，或许是

传说的地狱里盘旋的影子。

（夏夜里的这呼叫声，让我能从中

说出多少事情，从你的眸子里……）但那只是

名叫苍鹄的鸟，在召唤我们，

从郊外的树林深处。我们的气味

已是清晨时腐朽的气味

在我们灼热的皮肤下，透出骨头，

在街角，星辰黯淡下去。

你在这里,风之鸟盘旋
你是我的温柔,我的创伤,我的财富。
古老的灯塔沉溺
柔情微微打开它的路。

大地此刻是我们的家园。
我们在草丛和水流之间向前
从闪烁我们的吻的洗衣槽
到镰刀将劈倒的这片空间。

"我们在哪里?"迷失在
静谧的中央。在这里,言说的只有它,
在我们的肌肤下,在树皮下,在泥土下

带着斗牛般的力量,血液
奔流,让我们缠绕,震撼
如田野上熟透的铃铛

因为我在生活里是个异乡人,
我只和你说些奇异的词语,
因为你也许会是我的国度,
我的春天,麦秸和枝桠里的雨滴搭的巢

我的水做的蜂巢,在白昼的脚尖上颤抖
我的新生的夜间的温柔……(但正在
此时
幸福的身体,埋陷在它们的爱情里
带着快乐的呼喊,而一个女子

在冰冷的院子里哭泣。那么你呢?你不在城里,
你不会迎着黑夜而去,
正在此时,独自说着这些轻率的话语

我,忆起一张真实的嘴……)噢,熟透的

果实,金色道路的源头,常青藤的花园,
我只和你说,不在身边的你,我的大地……

现在,我知道了,我什么都不拥有
甚至不拥有这美丽的金子,腐朽的叶子,
更不拥有从昨天飞向明天的那些日子
它们大拍着翅膀,飞向一个幸福的国度。

她曾经和它们在一起,苍白的迁移者,
孱弱的美,连同她令人失望的秘密,
裹着雾衣裳。人们大约会把她带去
他处,穿越这片雨林。像从前一样

我坐在一个不真实的冬天的门槛上
执拗的灰雀在那里唱着,唯一的呼叫
从不停止,犹如常青藤。但谁能说出

这叫声的意义?我看见,我的身体衰弱
如同短暂的火焰,迎雾而上

一阵冰冷的风

把它吹旺，吹散……天黑了。

正如一个人喜欢待在忧伤里
不愿意换一个城市或者去流浪,
我固执地翻着这些碎屑、箱柜,
埋葬身躯在下面的这些瓦砾,

由我们的身体构成,当它们拥挤在
一张暂时的床上,带着欢乐的叫喊
(在那个时刻,我们的天空
被一颗黯淡的星辰映亮,我不久会把它
撕成碎片……)

啊!放手,是为了那些废铁、石膏和木板!
不,就像一只狗,我嗅着一股散发的香气
刨得那么深,最终会找到我该有的:

轮到了我跌落成灰白的尘埃

只成为蛀虫们啃噬的骸骨
因为过多地找寻我失去的东西。

别担心,它会来的!若你靠近,
你会焚烧!因为诗篇里最后的那个字
会比第一个更接近
你的死亡,从不在路上停歇。

别以为它会在树枝下沉睡
或会在你写作时喘口气。
甚至当你在嘴里饮水时,止住了
最烈的口渴,温柔的嘴和它

温柔的叫喊,甚至当你用力地扯紧了
你们四臂的结时,在
你们燃烧的发丛的幽暗里一动不动

它来了,上帝才知道经过怎样的曲折,它走向你俩
来自天涯,或就在咫尺,但别担心,
它来了:从一个到另一个字,你更老了。

维纳斯港[①]

大海再一次喑哑。你明白
这是最后一夜。但我将呼唤谁呢?
除了回声,我不和人讲话,不和任何人。
在礁石塌陷的地方,大海是墨黑的,敲响了
雨之钟。一只蝙蝠
撞在空气的栅栏上,吃惊般地飞行。
所有的那些日子都失去,被它的黑色翅膀
撕裂,过于忠贞的这片水域的宏伟
让我漠然,因为我一直不
和你,不和任何东西说话。愿它们沉陷,
那些"美好的日子"!
我启程,我继续变老,没什么重要,
对于离开的人,大海把门摔得砰砰响。

---

① 维纳斯港,Portovenere,音译"波多维内瑞",位于意大利西北部的海边村落,意为维纳斯的港口。

夜晚的消息

当光线埋没它的脸孔
在我们的脖颈里,人们喊出夜晚的消息,
剥去了我们的皮。空气柔和。过路人
在这座城市里,只能在有
一棵新绿的树晃动的河边略坐一会,
在匆忙地用饭之后;我甚至会有
时间在冬天之前去做一次旅行,
在出发之前拥抱你吗?如果你爱我,
那就留下我,哪怕喘息的时间,
只为了这个春天,愿人们留下我们安静地
走在荡漾宁静的河边,走出很远,
直到点亮的静止不动的厂房……
但没办法。走在途中的异乡人不能
转身,否则他将化成
雕塑:我们只能往前走。城市
尚且矗立,将会燃烧。真是幸运:

我至少游访了罗马,在去年,
我们迅速地相爱,在失去之前
再互相看一次,快速地拥抱,
别等人们冲着我们最后的世界里喊出"世界"
或者"这个夜晚",在这个将我们融化的最后的
美丽夜晚……
你要走了。你的身体已不如
消磨它的水流更真实,连天上的云烟
都比我们有更多的根。没必要
强迫自己。你看水,它流逝
在你我的影子的断层之间。这是终结,
让我们都没有胃口来上演狡黠的戏剧。

内　部

长久以来，我寻求在这里生活，
在这个我假装喜欢的房间里，
桌子，无忧无虑的物件，窗户
在每个夜的尽头，打开别样的绿意，
鸫鸟的心，在幽暗的常青藤里跳跃
四处的晨光，完结衰老的影子。

我也愿意相信天气柔和，
我在家中，日子会挺好。
只是，在床脚下，确有这只蜘蛛
（因了花园的缘故），我
没把它踩够，它似乎还在织着
陷阱，等待着我脆弱的魂……

阿格里真托①,一月一日

在这个罕有人至的广场,再略往高处,
我们寻找阶梯,从那里能看见大海,
或者至少如果天晴的话。
——我们旅行,为了空气的柔和,
为了遗忘死亡,为了金羊毛……
尽管有现成的路,我们停留在边缘,
需要的不是这些仓促的字眼,
也不是遗忘,它本身顷刻也会被遗忘……
——天开始下雨。又换了一年。
你清楚地看到,我们的灵魂注定判给
    遗憾:
即使在西西里,我们的手掌上也要接受
成千上万的雨刺……直到明天。

---

① 阿格里真托,Agrigente,意大利西西里南部的历史名城,被誉为"诸神的居所"。

仙女园

在这座花园,水流的声音不会干枯,
难道下面有一个洗衣妇或者仙女?
我的声音做不到与那些
掠过我、避开和擦过我的不忠的声音糅合,
我只剩下一些凋零的玫瑰
在草丛中,所有的声音随着时间缄默。

——仙女,溪流,意象意象啊,令人在其中
　　沉溺!
但谁在这里,在一个明亮的声音,
在一个隐藏的女孩之外,寻找他物?我不加任何
的创造:
有狗在睡着,鸟群聚拢,
园丁们在纤柔的柳树前弯腰劳作,
树燃烧如火焰;女仆呼唤着他们,
在白日的尽头……他们的青春和我的青春

像株芦苇一样销蚀,以同样的速度,
三月靠近所有的人……
　　　　　　　　　而我不再梦想,
当我倾听,在很久之后,那个声音
从花园的深处回到我身边,独一无二,
那音乐的合奏里最温柔的声音……

　　　　　　　　"——哦,多明尼克!
我从没想到会在这里重新找到你,
在这人群中……——别说了。我已不再是
从前的那个我。"
　　　　　　　　我看见她优雅地致意
我们的主人,转身离去,如同水流消逝,
离开花园,而太阳迷了路,
已近五点钟,在冬日里。

穿　越

在这里，我找到的不是美神，
在赞美过那个二等舱室之后，
登陆帕尔玛，忘却我的忧愁，
找到的却是逃逸的，这个世界的美。

另一个，我也许在你的脸上见过她，
但我们的流程就像这片水域
涂写了庞大的难以识别的草书，
在那不勒斯南部的海滩上，须臾间被夏天吞没，

淡淡的符号，又重写在门帘上……
她不给予我们这些强迫她的人
我们正如边界上的冒险家，
她不给予害怕付出代价的吝啬鬼。

她也不给予奇异的地点，

但也许给了等待,给了含蓄的沉默,
给予在称赞中被遗忘的人
她的爱只是秘密地生长。

播种期

I

我们渴望守住纯洁,
虽然恶拥有了更多的现实。

我们渴望不要心怀仇恨,
尽管暴风雨窒息了种子。

懂得种子有多么轻的人
会害怕赞美雷电。

II

我是树木那模糊的线条
空中的鸽子,在树丛里拍打翅膀:
你,人们在头发萌生的地方抚摸你……

但在因距离而失望的手指下面
柔和的阳光,像麦秸一样折断。

III

在这里,大地露出了它的线头。但只要
再下一天雨,人们会在大地的湿润里猜出
一种纷乱,却知道,它会又变得崭新。
死亡,在一瞬间,有了破雪而出的早春花
一样清新的气息……

IV

日子在我身上摆谱,如一头公牛:
人们几乎相信它是强悍的……

如果人们能让那斗牛士厌倦
迟一点去面对死亡!

V

冬天，树木默敛。

然后，有一天，笑声嗡嗡响，
还有叶丛的低语，
装饰我们的花园。

对于谁也不爱的人来说，
生活永远都在更远处。

VI

噢，早春的日子
在学校的庭院里嬉戏，
在风的两节课间！

VII

我不耐心，愁绪满腹：
谁又知道另一种生活会带来

伤口还是财富？一个春天
迸发快乐，亦会吹向死亡。
——看那鸫鸟。一个羞涩的姑娘
从家中走出。黎明
就在湿润的草丛间。

VIII

隔着远远的距离
我眺望街道，它的树木，房屋
还有这个季节
清爽的风
它常常变换方向。
一辆大车驶过，载着白色的家俱
在阴影的灌木丛中。
日子走在前头，
剩下给我的，片刻间就能数得清。

IX

上千只雨的昆虫劳作了
整整一夜；树木绽开雨滴，

骤雨甩响了远处的鞭声。
天空却还是晴朗的；在花园里，
工具之钟敲响了晨经。

X

那股看不见的气流
携来一只远方的鸟
和轻盈的种籽
明天，种子会发芽
在树林的边缘

哦！生活的水流
执拗地奔向低处！

XI
（塞纳河1947年3月14日）

龟裂的河水，动荡不安。水面上涨
冲刷着牧羊人的铺路石。因为风
像一艘晦暗又高耸的小船，从大洋
驶下，载着一船黄色的种子。

漂浮着一股水流的味道,远远的,淡淡的……
人们颤栗,
只是惊讶于睁开的眼皮。
(有人曾追随一条波光粼粼的运河,
工厂的运河,有人曾扔一朵花
在河的源头,为了在城里再找回它……)
童年的记忆。河水永远不同,
日子也是……那个人,曾掬一捧河水在手心……

在岸上,有人用树枝
点燃了一簇篝火。

XII

所有这丛绿意,并不堆积,却颤动、闪亮,
正如人们看见,喷泉那湿漉漉的帘
连对最微弱的穿堂风都敏感;而在树梢
的顶处,似有一群蜜蜂在栖息
嗡嗡地叫着;在轻盈的风景里,
一些永远看不见的鸟儿在呼唤着我们,
一些声音,像种子一样,没有根,还有你,
连同你垂落在明亮的双眸前的发绺。

XIII

这个礼拜天,只有片刻让我们相会,
当风和我们的热度一起退潮:
在街灯下,金龟子
点亮,又熄灭。简直像一些远处的纸灯笼
在公园的尽头点亮,或许为了你的节日……
我也一样信赖过你,而你的光
灼伤我,又离开我。它们干燥的壳
破裂,坠入尘土。另一些
飞起,
另一些闪着光,而我仍停留在
阴影里。

XIV

一切都在示意我:丁香迫不及待地生活
孩子们把球遗落在
公园里。接着,人们翻动一些方砖
在近处,
剥落节节的根,露出分娩的女人

的气味……风把微乎其微的事物织成
一匹颤动的画布。而我撕裂它,
因为我总是一个人,总要寻找痕迹。

XV

丁香再一次绽放
(但这对谁都不再是一种保证)
一些红尾雀闪闪发光,女仆的声音
柔和下来,当她和狗说话时。蜜蜂们
在梨树里劳作。而永远回响着
机器的震颤,在天空的深处……

河流和森林

I

三月,树林的明亮还不真实,
一切还这么清新,它只能勉力地强调。
鸟儿还不多;恰若只有
远处,在山楂树映亮矮树林的地方,
布谷鸟在唱歌。我们看见,烟闪着微光
卷走了一天里焚烧的东西,
枯叶作为生动的花冠,
依循着最崎岖的山路的训示,
在荆棘下面,人们找到了
银莲花的巢,
明亮又普通,如清早的星辰。

II

尽管我知道我的神经网

像蜘蛛网一样脆弱,

我也不会吝于赞美这绿意的奇迹,

翠绿的柱子,即便是被斧头选择,

还有伐木人的马匹……我的信任

有一天该拓展到斧头和闪电,

假如三月的美只是

鸫鸟和蝴蝶兰的温顺,在天晴时。

III

礼拜天的树林里,拥满了唧唧喳喳的孩子
和正在变老的女人们;每两个男孩里就有一个
膝盖在流血,人们带着灰色手帕返回,
把旧纸张遗弃在池塘附近……叫喊声
和光线一起远去。在千金榆的媚惑之下,
一个姑娘在每个警报里扯紧她的裙子,
在精疲力竭的空气里。所有的温柔,空气
或爱情的温柔,都有背面的残酷,
所有美丽的礼拜天都有它的代价,像节日一样,
桌子上的残痕里的日子,令我们担忧。

IV

所有其他的忧虑都无关紧要,
在这片森林里,我不会走太久,
而话语比起沼泽地带的柳絮
用处不会更多,也不会更少:

如果它们闪光,即使坠入尘埃,也不重要,
在这片树林里,其他走路的人们也会死去,
即使美沉落腐朽,也不重要,
因为它似乎全心全意地顺从。

无知者

(1952—1956)

在夜与昼之间的祈祷

——致 A.-M.[①]

在朦胧的时分,幽灵们成群地
簇拥在窗前,聚拢
带着在白昼与阴影之间
徘徊的犹豫
用絮絮的低语威胁着光明,

一个男人在祈祷:在他的身边舒卷着
卸了盔甲的、全身赤裸的优美的女战士;
不远处,他们的战争的继承人在休憩,
他把时间像稻草一样紧握在手中。

"一个祈祷在畏惧中说出,难以
如愿,尤若没有外界的援助;

---

① 诗人的爱妻安娜-玛丽·海泽勒(Anne-Marie Hasler)的姓名缩写。

一个祈祷,在城市的震撼中
在战争的最后,在大批的死者中间:

愿黎明带着它坚固的柔情
愿阳光进入山峰的根部
如同它远离了轻盈的月,愿它抹去
我自身的神话,用它的火遮住我的姓名。"

写给播种期的新笔记

现在,大地揭开了面纱
太阳的光,旋转如灯塔
映得树木时而玫红、时而黝黑。
随后,她用淡淡的墨在草上书写。

有一晚,天空放晴的时间更久
在墨绿幽黑的大花园
有前夜的雨痕的颜色。
果球过早地发亮。
而在枝桠的巢里
升起鸫鸟的歌唱。
犹如光的油脂
在微弱的黑灯里,轻轻地燃烧,
或如月亮用自己的声音
向过路人预告三月的夜……

凌晨笔记

一些女子,在尘埃里叫喊。不是吟唱,
如何在这些易碎的石头下面吟唱呢?
城市带着它的噪音,它的洞穴,和光亮,
只是为这些沙造的庞大帝国取的一个名字
它最后的交易,是影与光的游戏。
但永远,在水流的深渊之上,
瞬间在闪光……

现在,这是我希望
能够言说的事物,似乎,无论表象,
对我来说,重要的是说出它,忽视
所有的美和光荣:
在尘埃中前进的人,所有的财产
只有他的喘息
所有的力量只是不太肯定的语言。

*

纱雾,树林,湿润的石头,
水追随的国度,
像一个夜的女郎,
多雨而炎热的美。

*

晨曦中的海滨森林,
茂密,浸湿了风,
我进入,在你身上窒息。

*

如同油一样慵懒,
但油化成了光芒,
燃烧,低语,狂喜
在汗水淋漓的守夜的油灯里。

*

当死亡发作时,你在哪里,
月亮和太阳一样美
滚向海滨的树林,
鸟儿们一起升起,

可是黎明的美丽创造者?

而你,当它们刚刚苏醒时,你会在哪里?
在这个世界上,你无与伦比
除非明确地把你比作日渐增长的光明,
你会在哪里呢,清晨?

不仅仅是,但你现在已
不再是那个太虚弱的声音
不再是那些永远模糊的话语。

噢,扑朔迷离的爱情!
顷刻间,它不过成了
分离的情人互掷的呼唤声。
(因而,任何现实
在死亡忙碌的心灵中
变成叫喊、低语或泪水。)

  *

雨燕,大白天的星辰,
在天色更晚之前,
在我了结

那些很清楚的事情之前,
你还可以将我径直
引到这样一个黑夜的门槛吗。

致清晨

I

黑夜不是人们设想的,火的背面,
不是白昼的堕落,也不是光的否定,
而是制造的遁词,为了让我们睁开眼睛
看那些映得那么亮、却不曾被揭示的事物。

可见物的虔诚的仆人们远去了,
在黑暗的叶丛之下筑造了
紫罗兰的居所,最后的
避难所,给无家可归的年迈的人……

II

正如油熟睡在灯盏里,顷刻
所有一切将化成光芒,呼吸

在被飞翔的鸟群携走的月亮下面，
你低语，且燃烧。（但如何说出
对声音来说太纯净的那种东西？）
你是冰冷的河流上
新生的火，
田野里跃起的雨燕……我看见，在你身上
大地之美敞开，执意地坚持

III

我在和你说话，清晨。但这一切
难道只是空气中飞翔的话语？
流浪是光明。人们将要拥抱的光明
成为人们拥抱过的光明，消逝。
愿最后一次在祈求她的声音里
她冉冉升起，焕发光芒，黎明。

秘　密

脆弱的是鸟的财富。然而,
它总能在阳光里闪烁!

某个湿润的森林也许守卫着它,
一阵海风似乎引领我们去那里,
我们看见它背对在面前,像一个
　　　影子……
但是,甚至对在我身边走路的人
甚至对那歌声,我也不会说出
在爱的夜里猜出的事。难道该不如
让沉默的常青藤攀上墙壁?
与其害怕一个多余的词会分开你我的嘴
难道不怕美妙的世界像废墟一样沉落?

是什么在清晨让死亡也变成白线,
鸟儿把它讲给侧耳倾听的人。

耐　心

在灯下摊开的游戏纸牌里
如同布满尘埃的死去的蝴蝶,
透过桌毯和烟雾,
我看到了最好不该看见的出现
当时间在杯盏之间敲响了钟
宣告了一次新的失眠,不断
害怕在时间里紧缩的畏惧,
身体的消磨,护卫者的远去。
年迈的男人移开过去的意象
且不无克制一丝颤抖,看见
冰雨推开了花园的门。

声　音

当万籁俱寂时，是谁在歌唱？是谁
用低沉而纯净的声音
唱着如此优美的歌？
难道是在城外，在鲁滨逊，在
一个覆盖白雪的花园里？或者就在近处
某个人没想到有人在听？
不要迫不及待地想知道
因为白昼不会另样地
让看不见的鸟引路。但让我们只是
静下来。一个声音升起，如同三月的风
从古老的树林带来力量，它笑着来到我们身旁
没有泪水，更笑对死亡。
当我们的灯熄灭时，谁在那里歌唱？
无人知晓。但只有那颗心听得见
那颗既不求占有，也不求胜利的心。

冬　天
——致吉贝尔·库勒（Gilbert Koull）

但我懂得为我的话语赋予翅膀，
我看见它们飞旋，在空气中闪闪发光，
将我引向照亮的空间……

于是，我被冰封在寒冷的十二月
像一个发不出声的老人，在窗的后面
在每愈灰暗的时刻，在记忆里流浪，
如果他微笑，那是因为他穿越了一条明亮的街道，
他遇到了闭着眼的影子，
　　现在
还有这么多年来，冰冷的年头犹如十二月……

那个遥远的女人在雪下燃烧，
如果我沉默，谁会告诉她要再发光，

告诉她不要和其他的火焰一起沉陷
在森林的骸骨堆？谁会为我
在这黑暗里打开露水之径？
但已然被最微弱的呼唤所触动，
白昼来临前的时刻，在草丛里，被猜中。

无知者

我的年纪越老,我的无知越增长
我经历得越多,拥有的越少,统领的越少。
我拥有的一切,只是一个空间
时而落雪、时而闪光,却从未有人居住。
哪里有馈赠者、引路者和守护者?
我待在房间里,先不作声
(寂静如仆人般走进,布下些许的秩序),
等待那些谎言一个个散开:
还剩下什么?还剩下什么阻拦
这个垂死者去死呢?什么力量
让他还在四壁之间说话?
难道我会知道,我这个无知的、多忧的人?
但我真的听见他说话,而他的话语
和白昼一起渗透进来,还有点含糊:
"就像火,爱的明澈只建在
错误和燃成灰烬的木头的美丽之上。"

诗人的劳作

每个小时都在衰弱的目光的作品
不是幻梦,也不构成哭泣,
而是像牧羊人一样守护和呼唤
假如他睡着就会险些失去的所有。

*

就这样,依墙而立,被夏天映亮
(但或许不如说被夏天的记忆映亮),
在白昼的宁静中,我凝视你,
你总是离得更远,总在逃匿,
我呼唤你,你在幽暗的草丛中发光
如同过去在花园里,声声或微光
(没人知道)把亡者和童年联结在一起……
(难道她死了吗,黄杨树下的那个妇人,
她的灯熄灭,她的行李散落?
或者她会从地下返回

而我将迎面而上,我问她:
"您这段时间都做了什么,人们在巷子里
听不见您的笑声,也听不见您的脚步?"
难道应该不告诉任何人就离开吗?
噢,夫人!返回到我们中间吧……)
在今天的影子和时间中隐藏着,
一言不发,昨天的影子。世界就是这样。
我们不会太久看见她:只够
留住那闪烁的和即将熄灭的,
只有呼唤再呼唤,颤抖,
因为再也看不见。变穷的人,
就是这样专心,
像一个男人双膝跪下,人们看见他用力地
背对风,聚拢消瘦的火苗……

葬礼的聚会

人们默不作声
在死者的房间:
人们举起蜡烛
目送他们远离。

我略抬高嗓音
在门槛上
说了几个字
来照亮他们的路。

但那些
甚至从雪的下面祈祷的人,
清晨的鸟
会来续上他们的声音。

茨冈人 ①

——致吉拉尔和玛德莱娜·巴雷泽

在树下,有一簇火:
人们听见它低声地
和沉睡的民族说话
在靠近城门的地方。

若我们默默地行走,
持续不长的灵魂
在幽暗的居所之间,
因为害怕你会死去,
隐藏的光明
永恒地低语。

---

① 茨冈人(Gitans),又名吉普赛人,在此,用作浪迹天涯的流浪民族的代名词。

六月二十六日的书信

愿鸟儿从此给你们讲述我们的生活。
一个人制造过多的故事
而你们透过他的话只看到
一个旅行者的房间,一扇窗户
泪水蒙蒙,遮盖了
雨水折断的一段木头……

夜缄默着。你听到椴树下的声音:
人类的声音闪亮,如同在大地上方
心宿二①时而殷红、时而墨绿。

*

不要再去听我们烦恼的噪音

---

① 心宿二,天蝎座里最明亮的位于顶部的那颗恒星,西文中的名称"Antarès"源自希腊语,意为"战神阿利亚斯的宿敌"。

不要再去想我们会遇到的事
甚至忘掉我们的姓名。听我们
用白昼的声音言说,仅仅让
白昼闪耀。当我们抛弃了所有
惧怕,
当死亡对我们只是澄澈
当它如夏夜的空气一样明净
当轻盈载着我们飞翔
穿过风推着的所有的虚假的墙
你会只听见河流的声响
它在森林后面流淌;你只看见
夜的眼睛闪闪发光⋯⋯

      *

当我们用夜莺的声音言说时⋯⋯

不期而至

我不做什么大事来对抗魔鬼：
我劳作，时而从我的工作里
抬起眼，在天没亮前看见月亮。

还剩下什么，照亮一个冬天？
在凌晨最早的时分，我走出门，
雪铺满空间，直漫延到
最细致的边缘，
草在沉默的致礼面前倾倒，
无人再期待的，在这里显现。

踩着月亮的脚步

那夜,我俯身在窗边,
我看见世界变得轻盈
不再有屏障。所有
在白昼里束缚我们的事物似乎
现在带我走向一次又一次敞开
从一个水宅的内部朝向某种
如青草般极微弱又明亮的事物敞开:
我无所畏惧地走进草丛,
我感激大地的清新,
踩着月亮的脚步,我说"是",又离去……

空中的话语
——致皮埃尔·莱利斯(Pierre Leyris)

那么清新的空气说:"我曾是您的家,
后来,其他的旅行者来占了您的位置,
您曾经那么爱这个居所,又会去往
哪里呢?我看见地面上的尘埃,
但您曾经看着我,您的眼睛对我
并不陌生;但您过去偶尔吟唱,
这是不是所有?您甚至低声地
和时常熟睡的某个人讲话,
您告诉他,大地上的光
太纯粹了,不免有一种意义
引人逃避死亡,
您想象自己沿这个方向前进,
然而,我却听不到您的声音:您
做了什么?尤其您的伴侣会怎么想?"

*

她透过幸福的泪水回答:

"他化成了他曾喜爱的这片影子。"

理 由

在高处,我优雅地挥手,
在空中,我随意地写下一些字,
但从下面,也许抵达了底部。
从枯死的足到生动的眼之间,没多远,
明天,人们会懂得距离。

遥望伤口

啊!世界过于美,对血液来说
它被糟糕地裹在里面
总在人的身上寻找
逃逸的时刻!

受苦的人,目光燃烧,而他说"不",
他不再爱恋光的运动,
他贴在地面,他不再知道他的姓名,
他那说"不"的嘴,可怕地深陷到泥土里。

在我的身上,凝聚了明澈的
   道路,
我们长久地记住,我们隐密的
  交谈,
但有时连天平也是可疑的
当我弯下腰时,我隐约地看见

大地布满鲜血。

有太多金色,太多空气在这闪亮的
　　　　胡蜂巢,
对那个弯下腰,身披糙纸的人来说。

房　客

——致弗朗西斯·蓬热（Francis Ponge）

我们住在高高的空中一座轻盈的房子里
风和光线交错着将它隔开，
有时一切都这么明朗，让我们忘记了年份，
我们在天空里飞翔，每一扇门都更开敞。

树在下面，草在更往下，世界是绿的，
早晨闪着光，当夜来临，又消逝，
山冈在远方呼吸
那么清瘦，流浪的目光穿山而过。
光明建在深渊之上，它打着颤，
让我们快点住进这座颤动的居所，
因为没几天它就会坠入尘埃
或者粉碎，突然把我们染上鲜血。

带那房客到地面上吧，你啊，女仆！

他的双眼紧闭,我们在院子里找到他,
如果你在两扇门之间把你的爱情给他
现在就把他降落到植被湿润的房子里。

愿终点把我们照亮

晦暗的敌人,把我们打击,又拽紧,
放开我吧,在我持有的不多的时日里,
向光承认我的脆弱和力量:
且愿我最终化成闪电。

在我们的话语里,
越少贪婪和饶舌,越能让人更好地忽视,
直到在它们的迟疑里看见世界闪耀
在饮醉的早晨和轻盈的夜晚之间。

我们的泪水越少涌现和迷蒙
在双眼中,我们的人就越不会被畏惧捆绑,
目光越明亮
迷路的人更好地看到埋葬的一扇扇门。

愿隐没成为我发光的方式,

愿清贫让我们的桌子满载果实累累，
死亡随心所欲，将要来到或还模糊，
愿它滋养无穷无尽的光明。

不平等的战斗

十一月里,鸟群的鸣叫,柳树的火焰,它们
　　就是
信号,引我从危境到危境。

甚至在高空的岩石下面也有通道,
消息在薰衣草和葡萄藤之间穿梭。

随后,阳光在土地里流失,日子流逝,
另一只嘴来对我们宣扬另一个
　　空间。

女人的叫喊,爱情的火焰,在幽暗的床笫,
　　于是
我们开始从此处的另一个山坡滚下。

我们俩在溪水流淌的峡谷里

游荡,
带着笑声和喘息,在一片交织缠绕的植被里,
疲倦的伴侣,什么都不能把他们
　　分开
如果他们在发丛的结上看见早晨
　　现身。

　　　　　　　　*

(最好拿两株芦苇抵御雷电
当星辰的秩序在水面粉碎……)

在暴风雪的漩涡里

他们还在冰冻的空间里迭行,
死亡还没能让这些骑士倦怠。

他们在雪地里点燃火焰,渐行渐远,
每阵风过,火苗燃得越来越弱。

他们显得不可思议的渺小、黯淡和匆忙,
面对要击败的广袤、白色和缓慢的不幸。

当然,他们在自家的阁楼里不再积攒金子
  或稻草
却在那里藏着细心擦亮的希望。

他们奔行在被沉重的魔鬼淹没的路上,
也许他们变得这么矮小,为了更好地驱逐它?

最终，人们总是用同一只拳头
来抵挡邪恶的嘴脸喷出的气息。

冬　阳

太阳在冬月里低低地轻掠
在橡树皮上，在这一刻，被你发现：
树木映亮，并不燃烧，却揭示，
静止不动，没有太多光亮，不闪烁，
也许就像一张不说话的脸
如果它远远地撞见时间的纵队……

但在后面，阴影在草丛上布阵，
并不阴森，既非慑人，也非受创，
略有点昏暗，一缕影子，这么低的代价
树把它付给果实的成长，
轻微的苦痛，温柔地对待大地
树的灵魂归于阳光的脚步……

一个耐心又平和的人转向
一年又一年的盲目的经过，

他的伤痛落在后面,和他的遗憾,
然而,青草在准备,坚持不懈,
空间似乎点亮了严厉的法则
星辰旋转,升降着刻度……

火炬升起,刚刚高过桌子,
比哪个奴隶都忠于我们的烦忧,
沉默寡言,不可思议,又不可避免,
我们幸福地受它支配。

在幽暗里的宣言

白昼的运动和劳作隐藏了
   白昼。
愿黑夜靠近,揭开我们的面纱。
或许有一扇门在附近被推开,
一片地域静静地舒展,给我们栖居。

说爱,说吧,现在。说吧,你好久没
   说话了,
从不经意或者傲慢无礼的那么多年以来。
向那淡淡的幽暗,借它的耐心
来言说吧,恰如白杨树丛的一抹气息:

"这个地方,给了我一种炽热的温柔,
没有人能把我和它分开,除非扯断我的
   手,
在这条路上,没有其他的向导为我引路,

它的清新和火焰轮回照耀在
　　　篱笆上……"

然而，愿陪伴我们的始终被隐藏，
爱：最幽暗的夜就是光明，
无以名状，是我们执拗的姿势的源泉，
在大地的最底处，有我们生命如影般的
　　　飞翔。

说吧，仅仅说："蜡在别的蜡的下面
　　　燃烧，
引领我吧，求你，把我引向地平线上的那扇窗，
用薄而锐利的隔板推动我，
你看，我们毫不费劲地在幽暗的帝国
　　　经过……"

然后，向黑夜的邻居致以热烈的感激。

距 离

——致阿尔芒·吕班(Armen Lubin)

雨燕盘旋在高空:
更高处,回转着看不见的星斗。
愿白昼隐退到大地的边际,
火焰会出现在灰暗的沙石的疆域……

于是,我们栖居在运动
和距离交织的一个地域;于是,心经过,
从树到鸟,从鸟到
远方的星辰,
从星辰到心中所爱。于是,爱
在封闭的房子里生长,回旋和劳作,
多虑者的仆人在手中擎着一盏灯。

夏末的散步

我们在贝壳遍布的岩石上前进,
在蜻蜓和砂石构筑的石基上,
散步的情侣,惊讶于他们自己的旅行,
短暂的身体,在这不持久的相遇里。

在大地的矮桌子上,休憩一个小时。
话音没有多少回声。常青藤的幽光。
我们行走,四周都是秋天里最后的
      飞鸟,
而岁月看不见的火焰低吟
在我们身体的树林里。但要承认
这橡树林里的风,它不会缄默。

下面,沉淀着古老的亡者的厚度,
往昔明朗的尘埃的奔忙,
蝴蝶和蜂群化成的化石,

下面,有种子和石头的墓地,
我们的爱情,我们的目光和抱怨的
　　　　底座,
深陷的床榻,一切的畏惧在夜晚离它远去
更高处,战栗的力量还在抵御失败,
更高处,闪烁着叶丛和某个节日的回音;
在轮到它们沉陷到地基里之前,
雨燕在我们的房顶上闪着光滑过。

随后,足以战胜我们的忧伤的一切,终于
　　　　来到,
风比气息更轻盈,在光芒的巅峰,
或许是一个男人回忆青春的
　　　　话语,
在夜靠近时被听到,虚无的
　　　战争的噪音
再一次扰乱了田野散发的味道。

亡灵书

I

那个人,走进年龄的财富,
他不再寻找楼阁或者花园,
或书籍,或运河,或叶丛,
不再寻找一只更短促、温存的手在镜子里的
    影痕:
男人的眼睛,在他生命的场所,被遮蔽,
他的手臂太虚弱,无从把握,无从征服,
我看他,他看着一切远去
曾是他唯一的劳作的所有,他温柔的
    欲望……

那隐藏的力量,如若有一种的话,我恳求你,
别让他沉陷在对错误的不安里,
别让他唠叨些矫揉造作的情话,

让他耗尽的力气最后一次惊跳,
再蜷缩,让另一种沉醉席卷他!

他最艰苦的战斗是一群鸟儿轻盈的
    闪光,
他最严重的意外,不过勉强是一场雨水的泛滥;
他的爱从来只能让芦苇折断,
他的光荣在不久会倒塌的墙壁上写下一点烟炱的
    名字……

*

愿他此刻只裹着他的不耐心,
走进最终与他的心相对应的空间里;
愿他只带着对所有科学的崇拜,
走进在他的泪水幽深的源头的奥秘里。

没有一个誓言曾许给他;
没有一个保证会留给他;
没有一个回答能传给他;
没有一盏灯,在他认识过的一个女人的手里,
来照亮他的床或没有尽头的大街:

但愿他情愿等候,仅仅为此高兴,
如同木头只在销毁的时刻学会炫目。

II

在烦忧里没有让步的同伴,
别让畏惧在这偶然里解下你的盔甲:
哪怕在这里,也会有一种办法战胜。

当然不能再用支票或者
　　旗帜,
不能再用发光的武器或赤裸的双手,
甚至不能再用哀叹或者坦白,
不能再用话语,即使是克制的话语……
把你全部的生命归结在虚弱的眼睛里:

白杨树还矗立在秋末的
阳光里,在河畔发抖,
片片叶子温顺地坠落,
照亮了排列在岩石后面的威胁。
不可思议的时间的强光,
噢,泪水,这片土地上幸福的泪水!

　　　　　　　　＊
灵魂顺从运动的神秘，
它经过，被你敞开的最后的目光带走，
它经过，过路的灵魂，哪一个黑夜，都挡不住
激情，上升，或微笑。

经过：在田野和树林之间有片空地，
有些火焰，任什么阴影都不能
　　　熄灭。
在那里，目光深陷、战栗，如一只茅尖，
灵魂深入，隐隐地找到了它的回报。

让悬搁的心为你
　　指路，
随着光回转，和水流一起坚持，
和鸟群不可抵挡的经过一起路过，
你要远走：只有静止的畏惧，才是终结。

　　　　　　　Ⅲ

穷人送给贫穷的死者的祭品：

只有一株微颤的芦苇秆,采摘
在湍急的河岸边;它说出的唯一的词语
对他来说,只是气息、温和的木材和微光;
高空中一抹阳光的记忆……

轻扣三下,为他打开
没了空间的空间,一切苦痛在其间消失,
无法想象的面孔,没了光芒的光芒。

IV

旋风、火焰和新鲜的骤雨,
幸福的目光,长了翅膀的话语,
所有这些在我眼里像一支箭一样飞翔
穿越渐渐被携卷的隔板
飞向一个渐愈透明的终点,在更高处,

或许是一座茅草屋
如今崩塌,着了火,被烧光,
穷人会用它的灰烬擦脊梁
和头颅,在军队路过之后……

只剩下无知。没有死亡,
也没有欢笑。光的一线迟疑
滋养了爱情,在我们的帐篷下。滋养的源泉
靠近东方:清晨里,一个男人走出。

V

但如果我用没什么分量的词语讲出的
一切真的在窗户后面,如这般冰冷
在山谷上雷鸣般向前?不,因为这
还是一个不伤人的意象,但如果
死亡即如有一天需要的那样真的来临,
意象、微妙的思想、漫长终生坚持的信仰
会去了哪里?正如我见到
光明在所有声音的颤抖中逃匿,
在身体对绝境的恐惧里消沉了力量
而突然,光荣对于狭小的头颅显得过于硕大!

什么作品,什么崇拜和什么斗争
能战胜从下方侵来的袭击?
哪样足够敏捷的目光能渡到彼岸,
哪样足够轻盈的灵魂,你说,能飞走,
假如眼睛熄灭,假如所有的同伴都远去,

假如尘埃的幽灵把我们抓牢?

VI

在那个美丽的躯体降到未知土地的
  地方,
身穿皮革盔甲的战士,或者死去的赤裸的爱人,
我只能画一棵树,在它的叶丛里
  留住
一抹过路的阳光镀金的低语……

没有人能把火和灰烬、笑和尘埃分割开,
没有人能只承认美,而不要它嘶哑低喘的床,
和平,只能在骸骨堆和石头堆上统治,
无论做什么,穷人总在两阵狂风之间。

VII

冬天的扁桃树:谁知道这树木
不久会在黑暗丛中裹上火焰,
还是再一次在白昼里开满花?
人同样在悲怆的土地上生养。

风

(1961—1964)

"我们的生活是风织成的"——于佩尔(Joubert)

冬　末

很少的东西，一无所有驱逐
丧失空间的畏惧
留给流浪的灵魂

但或许，灵魂更轻盈，
不确定它的持续，
难道是它在歌唱，
用最纯粹的声音歌唱
大地的距离

泪水的播种期
在容颜改变的脸上，
波光闪烁的季节里
纷乱的河流：
忧愁凿空大地

岁月注视着雪
在山冈上远去

在冬日残存的草丛
这些影子比草还轻,
羞涩、耐心的木的影
是含蓄又忠诚,

依然不易觉察的死亡

永远在盘旋的日子里
它的飞翔环绕在
我们身体的四周
永远在日子的田野
这些青石板的坟墓

真与非真
融化成烟

世界没有得到更好的遮蔽
比起那得到太多爱恋的美
从你身上经过,就是欢庆
点亮的尘埃

真与非真
闪耀,芬芳的灰烬

夏日拂晓的月

在越来越明亮的空气中
依然闪烁这滴泪
或玻璃间微弱的火焰
从山冈的睡眠中
升起金色的氤氲

始终这样悬置
在黎明的天枰
在许诺的火炭
和遗失的珍珠之间

冬　月

为了走进黑暗
拿起这面镜子,里面熄灭了
一场冰冷的大火:

抵达夜的中央
你会看见只映照了
一场羔羊的洗礼

青春，我把你耗尽
连同一度碧绿的树
在风从未卷走
最明净的烟里

灵魂轻易地让你畏惧，
冬末的土地，
只是蜂群的坟墓

黑夜的最后一刻

在盛满火炭,热吻的华丽
玫瑰的房间之外
逃逸的人,用手指指出
猎户座,大熊座,伞形花 ①
指给陪伴他的影子看

然后,再一次在光线里,
甚至因光线精疲力竭,
穿越白昼,朝向大地
指出斑鸠的行程

---

① 伞形花(Ombelle),这是诗人在诗的空间里创造的"星座",与前两个星座相并列,从神话形象到动物形象,再到花束。

在大地到了尽头的地方
在贴近空气的地方 升起
（在阳光中
无形的上帝之梦游荡）

在石头和梦幻之间

这片雪：逃逸的银鼠

噢，黑暗的伴侣
你听它的灰烬在倾听
为了更好地让位给火焰：

听丰盈的河水流淌
下到草丛和岩石的地界
听起得最早的鸟儿颂扬
永远更长的日子
永远更近的光明

在冬天树林的围篱
不进入,你就可以占据
该有的唯一的光:
它不是热烈的柴火堆
也不是悬在枝桠上的灯盏

它是映在树皮上的白昼
它是播撒的爱
或许是神圣的光芒
而柴刀给它以力量

鸟、花和果实

一截麦秸高高地飘在晨曦里
那贴着地面的轻灵的气息:
是什么从一个身体渡到另一个身体?
从山的怀抱里挣脱而出的泉,
还是烧焦的木炭?

在石头丛间,人们听不到鸟鸣
只听见,很远处,有榔头声

所有的花都只属于黑夜
伪装靠近

但在它的芳香升起的地方
我无法指望进入
这就是为何它这样困扰我
让我长久地守护
在这扇关闭的门前

一切颜色，一切生命
在目光停驻的地方萌生

这个世界只是
一场看不见的大火的山脊

我行走

在一座结满新鲜炭果的花园里
走在叶丛的树荫下

一片炽热的木炭,在嘴边燃烧

正在燃烧的撕裂玫红的
空气，或急剧地扯裂
或持缓地远离

放大了夜
山冈在它的两个坡上
滋润了两旺泪泉

到了夜的最尽头
当这抹气息升起
一支蜡烛首先
昏厥

在起得最早的鸟来临之前
谁还在守夜?
风知道,它穿越河流

这枚火焰,或倒置的泪滴:
献给摆渡人的一枚古币

一只玫瑰色的鸥鹭在地平线
一段火的航线

在橡树丛里
大冠鸟憋住了它的名字

贪婪的火焰,躲藏的声音
奔跑和喘息

眼睛:
一潭丰盈的泉水

但它从何处而来?
从远过最远处
从低过最底处

我相信,我饮下了
另一个世界

什么是目光?

比语言更尖锐的一笔锋芒
从一个到另一个极点的奔跑
从最深处到最远处
从最幽暗到最纯净

一只猛禽

啊!牧歌再一次
从绿草地的深处升起
还有天真的牧羊人

不为别的,只为一个蒙着水汽的杯盏
嘴饮不到杯里的水
不为别的,只为了一串新鲜的葡萄
它闪着光,挂得比金星还要高!

我不想再停栖
以时间的速度飞翔

就这样在一瞬间相信
我静止的等待

雨　燕

在白天雷雨交加的时刻
在生命里惊恐的时刻
这些镰刀，挨着麦秸的根部

一切叫喊，突然拔得更高
让听觉攀不到

在白昼温柔的热情里

只有些许微弱的嘈杂声
（那榔头声听上去像
高跟鞋踩在方砖上）
在空中遥远的地方
而大山是一座石磨

啊！愿热情最终燃烧
带着坠落大地的琥珀
还有隔墙板的琵琶木！

果　实

在果园的房间里
它们是悬挂的球体
被时间的奔走染红
是被时间点燃的灯
其光芒就是芬芳

人们在每个枝条下呼吸
香味的迅急的鞭子

　　　　*

它们是草丛中的珍珠
珠光变得愈加玫红
随着雾越来越近

它们是越来越重的坠子
点缀越来越少的衣裳

它们沉睡了那么长时间
在成千的绿眼皮的下面!

而炎热

用多么加剧的急促,
赋予它们热烈的目光!

云缓慢的影子
如晚饭后的睡眠

遍插羽毛的神灵
(简单的意象
或在翅膀下还携带
一种真实的映像)
天鹅,或者只是云
没什么重要

正是你们给我建议
慵懒的鸟
此刻,我注视着她
在她的衣裳和鳞状的斑纹之间
在你们狂乱的羽毛下面

八月的雷电

一缕晃动的发鬓
轻扫脸颊的脂粉

如此迅疾
乃至花边
都成了重负

果实随着时间愈加变青
好像沉睡在一个梦的面具下
在充满激情的麦秸里
和夏末的尘埃里

波光粼粼的夜

这一刻,可以说
连泉水都着了火

斑鸠的忧虑

是白昼的第一声脚步

隔断与黑夜的联系

树叶或大海的波光
或时间闪烁着散落

水与火一起在斜谷
还有悬空的山峰：
心倏然离我而去
仿佛拔得太高了

谁都不能居住或进入的地方
我朝向它奔跑
夜来了
像一个掠夺者

然后,我重新拿起测量的芦苇
耐心人的工具意象更是转瞬即逝
比起风的经过
那虹彩的泡沫,我曾睡在上面!

是什么闭合又打开
生出这不定的气息
是纸张或丝绸的声响
还是轻木做的叶片?

这器具的声响,如此遥远

几乎像一把扇子作响?

一刹那,死亡显得虚妄
欲望本身也被遗忘
为了折合又展开的
在黎明的嘴唇前

十月的田野

完美的柔和，呈现在远处
在山冈与空气间的边界：

距离，悠长的闪光
它撕裂，精练细刻

整整一天,卑微的声音
发自看不见的鸟
在草丛中,在一片金色的叶子上
受惊的时刻

天空愈加宏伟

羊群在牧草丛
是乳汁的浇祭

大地的眼睛在哪里
没人知晓
但我认识
它抚平的阴影

阴影散落，人们更看清
未来的疆域

大地整个是看得见的
可测量的
盈满时间

悬在一只升腾的羽毛笔上
越来越明亮

苹果散落
在苹果树的园地

快些!
让果皮染成绛紫色
在冬天来临之前!

在空间里
别无其他,只有波光闪闪的山峰

别无其他,只有炽热的目光
交错

鸫鸟和野鸽的目光

鸟

火焰不断地变换地带
人们隐约地看见它们经过

在空间里穿梭的叫声

很少鸟看得足够清楚
乃至在夜间也能歌唱

黎 明

简直像是一个神醒来
注视着暖房和喷泉

它的露水撒在我们的低语
我们的汗水上

我难以放弃意象

要让土地穿越我

这冬天的,岁月的镜子

要让时间在我身上播种

树木 I

从混乱,浓密的世界
骸骨和种子的世界
它们耐心地挣脱

为了在每一年里
更多地筛漏空气

树木 Ⅱ

如果眼睛游荡,从一株到另一株青杨树
它是被颤悠悠的迷宫牵引
被透着微光和影子的蜂群牵引

朝向一个略微更深的洞穴

也许,现在,不再有石碑
既没有缺失,也没有遗忘

树木 III

树木,顽强的劳作者
渐渐地镂空大地

因此,耐久的心
或许会净化

．

我将在我的目光中保留
如同一抹红晕,不是黎明的,
却是夕阳的红晕
它不是对白昼的呼唤,却是对黑夜的呼唤
火焰情愿被黑夜隐藏

我的身上将带着这抹标记
对黑夜的怀旧
我仍然会穿越它
带着乳汁的柴刀

在我的眼睛里，却将有
一朵看不见的遗憾的玫瑰
正如在湖面上
掠过一只鸟的身影

云高高地挂在蔚蓝色的空中
如冰做的环形

声音的水汽
人们永远听它沉默

世 界

石头的重量 思想的重量

梦想和山冈
没有同样的天平

我们还是住在另一个世界
也许在两者之间

蓝颜色的花

沉睡的嘴巴

深沉的睡眠

你们,长春花

成群地

和路人讲述着缺席

安　宁

影在光之中
如一缕青烟

世界之初,并不重要

现在,它的叶丛摇曳
现在,这是一棵庞大的树
我触到它悲痛的木

阳光透过它
闪烁着泪光

接受，做不到
理解，做不到
人们不能期望接受或理解

人们一步步地向前
如一个货郎走街串巷
从一个到另一个黎明

食　粮

鸟从铁匠铺飞出

在下午的尘埃里
在马厩的气味里
在广场的阳光里

难道你能仅仅
看见，而不去理解它
在它变换村庄之前

难道这不是
不可摧毁的吗？

世界从撕裂中诞生
出现为了化作云烟!

然而,灯点亮了
映在无尽的阅读上

愿 望

I

我长时间地渴望黎明
但我受不了看到伤口

究竟什么时候我才能长大?

我看见事物闪着珠光:
难道该闭上眼睛?

如果我迷了路
现在请把我领到
遍布尘埃的时刻

或许,一点点地糅合
苦难与光明

我可以进一步?

(在不为人知的学校
学习,迈过
最漫长和最糟糕的道路)

II

什么是歌唱?
只不过是一种目光

假如还可以栖居在房子里
用一只鸟的方式
甚至在灰烬上筑巢
透过泪水去飞翔!

假如歌声至少还可以守护我们
直到人们将我们
和盲眼的生灵混淆!

III

夜晚来临
聚拢万物
在围墙之内

沉默,滋养
清洗水槽
为了星辰

在近处,布下秩序
在空间里蔓延
犹如敲响的钟声
环绕在四周

功 课

(1966年11月–1967年10月)

愿他一直在房间的四隅。愿他像长久以来计测我所汇集的线一样测量，询问，提醒我它的终结。愿他的正直牵住我流浪的手，如果手会颤抖的话。①

---

① "他"指诗人去世的岳父路易·海泽勒，他生前是印刷师。

过去
惊恐的我,无知的我,苟且地活,
用意象蒙上眼睛
我曾宣称引导垂死者和死者。

我,受庇护的诗人,
受眷顾,勉强吃点苦
我敢于在深渊里划下道路。

现在,灯被吹灭
手更加游移,颤抖,
在空中,我缓慢地
重新开始。

葡萄和无花果
被山冈孕育在远方
在缓缓的云彩下面
带着清新的气息
它们还能助我吗?

到了这个时刻,兄长睡下
几乎没了力气。人们看到
一天天过去
他的步伐更迷失。

不再像
水那样在草丛中经过:
永不回转。

尽管严厉的老师

这么快被带到那么远,
我找寻着可追随他的:

不是果实的灯笼,
不是冒险的鸟儿,
不是最纯粹的意象;

不如用变了样的衣衫和水流,
守护的手,
持久的心。

我从此只想远离
将我们与光明分离的东西，
仅仅留下位置
给遭人蔑视的善良。

我倾听年迈的老人
他们那天结盟
我伏在他们的脚边
学习耐心：

他们没有更糟的学生。

莫非第一下,是第一道
痛苦的光芒:就这样被掷在下面
老师,种子,
好的师长,受到如此惩罚,
他像个羸弱的孩子
躺在重新显得太大的床上——
孩子没有了哭泣招来的援助
在无援之处,他转身,
被逼陷,钉牢,掏空。

他几乎没了重量。

载我们的大地,开始颤抖。

我曾以为在他身上读出的,当我勇敢地去读时,
胜过惊诧:一种惊呆
犹如面对一个黑暗的世纪去跨越,
一种忧伤!看那苦痛的浪涛。
无以名状的,陷入他生活的栅栏。
一个深渊进攻。为了抵御,
一种忧伤敞开,恰如深渊。

他,曾经一直爱着他的围篱和四壁,
他,曾经一直留着家的钥匙。

在最遥远的星辰和我们之间
距离,无法想象,仍然存在
像一段线,一个联系,一条路。
如果它是一切距离之外的一个地方,
那么,它应该是在那里迷失了自己:
不比任何星辰更远,也不更近,
却几近已在另一个空间,
在外界,引到尺度之外。
我们的米尺,从它到我们,不再行得通:
不如像对刀刃一样,在膝盖上把它折断。

缄默。词语的联系开始瓦解,
同样。他从词语中走出。
边界。只有片刻
我们还能看见他。
他几乎再也听不见。
我们是否还呼唤这个异乡人,如果他已忘记
我们的语言?如果他不再驻足倾听?
他在别处还有事。
什么事,都不再与他相干。
即使他转向我们,
仿佛也只能看见他的脊背。

背开始驼
为了在什么下面穿过呢?

"谁能帮我?没有人会一直来到这里。
曾经紧握我的手的人不会去握
　　颤抖的双手,
曾经在我的眼前设置屏障的人再也不能
　　阻挡我去看,
曾经日夜围绕在我身边的人像
　　一件大衣
却丝毫无法抵挡这火,这寒冷。
没人有盾牌去抵挡
　　围攻我的兵士们,
他们的火炬,已经燃在我的街道,一切都
　　太晚了。
从此,没有什么等待我,只有更漫长和
　　更糟糕的。"

难道他就这样在狭窄的黑夜里缄口不言?

现在,这压在我们的身上
就像一座悬立的山。

在它冰冷的影子里
人们退化到崇拜和呕吐。

人们几乎不敢看。

某种东西,在它身上深陷,来毁掉它。
多么同情
当另一个世界在一个身体上嵌入
它的角落!

你别指望
我会把光明嫁给这黑铁。

额头抵在山的墙壁上
在寒冷的日子里
我们满怀恐惧和同情。

在群鸟竦立的白昼里。

我们可以把这称为恐惧,垃圾,
甚至说出垃圾的词语
在贫民窟的衣衫里被识别:
耽于某种装腔作势的诗人,
这不会进入他写作的纸面。

垃圾既不能说,也不能看:
要吞下它。

同时
它简朴如大地。

是否最浓厚的黑夜
也不能笼罩它?

无限,联结或撕裂。
人们嗅到了老朽的众神的腐臭味。

苦难
如同一座山,在我们身上崩塌。

做了这样的撕裂
不可能仅仅是一个会消散的梦。

人,如果他只是一个空气的结
为了解开结,难道需要这样锋利的铁?

泪流满面,所有的人,额头抵在墙上,
与其说是我们生活的不坚实
不如说是它的现实
教会我们?

在鞭笞下受教育。

一抹简单的气息,一个空中轻盈的结,
一粒逃脱了时间的野草的种子,
别无其他,只是一个飞翔的声音在歌唱
穿越影和光。

它们消散了,了无伤痕。
声音喑哑,简直可以说,一瞬间
地域安宁,日子愈纯净。
我们究竟成了什么,
若须把这黑铁融在血液里?

人们撕裂它,拔断,
我们相拥的这个房间迸裂,
我们的纤维在叫喊。

如果那"时间之纱"扯裂,
"身体之笼"破裂,
难道是"另一种诞生"吗?

人们走过针眼般遍布的伤口,
将活生生地走进永恒……

那样安静、严厉的助产妇,
你们是否听到
一个新生命的叫喊?

我,我只看见,蜡熄灭了火焰

而在这干燥的嘴唇之间,
没有位置
给任何鸟飞翔。

没有了丝毫的气息。

正如早晨的风
有理由
吹灭最后的蜡烛。

在我们的身上,有一种那么深沉的寂静
如一颗彗星
在路上奔向我们女儿的女儿们的夜晚,
我们会听到它。

这已不再是他。
断了气息：无法辨认。

尸体。一颗彗星离我们也没那么远。

愿人们运走它。

一个人（这个空灵的偶然
在雷击下，会比玻璃虫和罗纱虫还
纤弱，
这座喜欢抱怨又面带微笑的善良的岩石，
这个随着工作和记忆越来越重的容器）。
拔断他的气息：腐朽。

谁在报复，又用什么在报复，用这唾沫吗？

啊，愿人们清洗这个地方。

我抬起眼睛

在窗户的后面
在白日的背景上
一些意象,依旧经过。

梭子或存在的天使
它们修复着空间。

孩子，在他的玩具堆里挑选，选了人们放在
死亡边上的一艘大地之舟，
尼罗河会一直流到这颗心里吗？

过去，我长时间地注视着这些
　　　坟墓之舟
好似月亮的角。
今天，我不再相信灵魂会需要它，
也不需要任何药膏，地狱的地图。

但如果一个孩子的温情创造
迈出了我们的世界，
靠拢了那不可靠近的事物？

或者，它安慰了在边际上的我们？

假如他(那个一向无知的人?)
今天可能还有某种存在,
某种人们以为接近的意识,
他是否会停留在这个地方
当只剩下灰烬给他的蜂巢?
是否他也许一直在这里等候
如同赴一个"石头附近"的约会?
是否他也许需要我们的脚步声或泪水?
我不知道。有一天或另一天,人们看见
这些石头深陷永恒的草丛,
或早或晚,不再有客人可以宴请
到这碑前,也轮到碑石埋没
甚至在任何影子里,不再有阴影。

度假的人说,不如说我只有一个愿望:
背倚这堵墙
从此只见白昼,不见其背面,
更好地帮助在山峦里发源的
  河流
凿空青草的摇篮,
在无花果树的矮枝下
透过八月的夜
携远满载叹息的船。

而现在，我整个人在从天而降的瀑布里，
从上到下，躺在空气的发丛
在这里，最明亮的叶子大小均等，
悬在比鹭鸟低一点的地方，
看，
听，
（蝴蝶是几多迷失的火焰，
山峰是几多云烟）——
一瞬间，拥抱整个寰宇
我相信，死亡容纳在四周。

我几乎只看见光，
远处鸟儿的叫声是光的一个个结，

白昼里的整座山被映亮，

山不再悬在我之上,

它点燃了我。

然而你，

或完全隐没，
留给我们的灰烬
少于家中一个晚上的炉火，

或不可见，居住在无形里，

或如种子，住在我们的心田，

无论如何，

你始终是耐心和微笑的典范
正如太阳还在我们的脊背上
映照着桌子，纸页和葡萄。

风景、诗及其他

（跋）

　　走进雅各泰的诗歌世界，每一页都有风景，内与外的风景，自然的元素与精神的风景相互交融，风景总处在雅各泰的诗歌体验的核心。雅各泰在诗化风格的随笔集《具象缺席的风景》开篇的第一句就指出："多年以来，我不断地回到风景上面，风景也是我的栖居之地。"

　　在一个充满喧嚣的时代里，雅各泰让人记取的也许首先是他在法国当代诗坛上采取的文学姿态和体现的诗歌形象：一个安于隐居乡村，追求淡泊、朴素、平和、谦卑的诗人形象。一个当代"隐士"的传奇：这样的独特性让人印象深刻，但任何明晰的风格特征往往容易制造过于简单化的标签和套话；我们力图撕去标签，试着打开他的诗作和诗学观点的细致的褶皱，才能读出一个真实的、不乏矛盾的雅各泰。雅各泰的作品言说风景的特征往往让人把他的作品当作理想化的田园诗传统的延续,当作纯粹、浅显的风景诗,这样的误解和标签往往使人不能真正进入他的精神世界,而停留在门槛的外面,只隐约地看到他描写和言说的风景里的一星一点的元素:风、花、雪、月。简单的未必是肤浅的,在简单的表象之下,藏着一个思想深刻的雅各泰,他的诗不是哲理诗,却处处蕴涵哲理,他用近乎白描的手法写一草一木,却道出了含蓄而深邃的哲理。他不是哲人,胜似哲人。雅各泰的诗歌具有思辨的倾向,经常直指存在的根本性问题,比如美和死亡的问题,但他的思想与诗意相互渗透,结为一体,而不像在与他同样体现思辨性的"精神兄弟"——伊夫·博纳富瓦的作品里那样具有明显的分界线,也正是思与诗的交融赋予雅各泰的作品"双重面孔"。

雅各泰一再强调回归自然,回归朴素的事物,他写道,"我相信在大地中找到秘密,在青草丛中看到钥匙"[1],"在最简单的事物里,找到最简单的真实"。诗人的诗学取向在什么样的时代背景下突现的意义,似乎与表述本身更具有揭示性。要理解雅各泰的诗歌和诗学特征,我们不能不谈到他在50年代末至60年

---

[1] 《树下的散步》,第25页。

代初的决定性的转向,即以他在1956年移居法国南部为标志。此后,雅各泰宣告了一种近乎宗教式的选择:和他的同代人博纳富瓦、安德烈·杜伯歇、雅克·杜班(他们曾共同为1966—1973年间法国出版的《瞬间》杂志撰稿,因而被一些评论家称作"瞬间一代")等一起,在现象学思想的影响下,他选择面向事物本身,重寻"诗意栖居"的可能,他用"皈依"的字眼来表述他对感性世界的情感和态度。和他挚爱的妻子——同样选择关注具体、细微的自然景物的画家安娜·玛丽·海泽勒(Anne Marie Halser)一起,雅各泰定居法国德龙省的小村庄格里昂,从此找到了他一直渴望的生活方式,他后来归结道:选择一种生活方式,意味着抵达一种写作的可能性,即他把生活方式当作孕育写作的源泉。"困难并不在于写作本身,而在于用什么样的方式生活,才能让写作从中自然地萌生。这在今天几乎成为不可能的事;但我不能设想还有其他道路。"[1]于是,他郑重、执意地"皈依"自然,终于把他的作品化成了一段"精神轨迹",在整体上折射出了他的"存在方式"[2]。

---

[1] 《播种期》,第236页。
[2] 让·斯塔罗宾斯基,"恰到好处的话语",《播种期》,第93页。

在一个讲求文学"介入"和参与政治的年代，雅各泰做出隐居乡村的选择，这与时代气氛格格不入，不免遭到时人的误解，因而，最初有的报纸评论用不乏讽刺性的口吻称他为"格里昂的隐士"，认为他的隐退是一种逃避现实的怯懦行为，甚至抨击他是前浪漫派夏多布里昂的继承人，或者走卢梭的老路，做愤世嫉俗的"孤独的散步者"（这是一个常见的误解，因为诗人同样出生在瑞士，也喜爱散步）。雅各泰对这些尖锐的批评并非无动于衷，但他只是"邀请"读者真正地去读他的作品，相信书中自有"驳倒异议"的理由。当时持批评语调的人往往也把雅各泰的"隐退"与瑞士作为中立国的套话形象联系在一起，事实上，雅各泰早在21岁时（1946年）因为难以忍受瑞士某种程度的"闭塞"，离开洛桑去巴黎的出版社工作，到了"冷战"时期，1951年，雅各泰因捍卫他在瑞士的启蒙老师安德烈·博纳尔（André Bonnard）的共产主义立场而卷入一场关于两大阵营的激烈辩论，后来，"介入"的问题渐渐把瑞士的知识界分裂。1958年，他也对阿尔及利亚事件做出回应。最终，经过反思，雅各泰选择在政治问题面前保持沉默，尤其在1968年的"五月风暴"中自觉地选择了"不介入"的立场。在1968年，雅各泰以"作家与介入"为题撰文,在文中,他揭示了一些作家的介入行为的盲目性,用审慎的态度指出在历史事件的漩涡中也有必要"保持洞见和尺度,否则,也可能会犯下罪恶"①。雅各泰在为意大利画家莫兰迪撰写的评论《朝圣者的碗》中,他肯定了莫兰迪在历史的重负之下执着地画寻常静物的意义,证明"人们除了因为恐惧而叫喊、而嗫嚅,或者更糟糕地保持缄默以外,总还有别的事可以做"。这也表明了雅各泰对于艺术创作与历史的关系的认识。莫兰迪用近乎单调的创作带来"另一种丰富",而雅各泰避开历史的喧嚣与疯狂,面向简单的具体事物的诗歌创作,是另一种"介入"的声音,好比是在历史的"雷电"前喃喃低语的"种子"②,虽然脆弱,但始终远离虚无主义,在二战后的文化废墟之上,雅各泰和他同时代的精神同道一起用边缘化的声音与当时的主流思想相对,用清醒的诗学对抗"狂热"的潮流。

---

① 见雅各泰,《作家与介入》,载《洛桑文学报》,1968年12月28日。
② "诗歌与当代一些大的历史事件的对抗,或许好比种子与雷电的斗争",参见雅各泰,《如何阅读诗歌》(1957年),载《言之未尽》,第20—22页。这句论述与雅各泰的题为《播种期》的诗的前几句相对应:"我们渴望不要心怀仇恨,/尽管暴风雨窒息了种子。/懂得种籽有多么轻的人/会害怕赞美雷电。"

早在50年代，雅各泰求真的诗学追求得到了著名批评流派"日内瓦学派"的理解和肯定，其中的五位主要代表人物让—皮埃尔·里夏尔（Jean-Pierre Richard）、让—斯塔罗宾斯基（Jean Starobinski）、乔治·布莱（Georges Poulet）、马塞尔·雷蒙（Marcel Raymond）、阿尔贝特·贝甘（Albert Béguin）纷纷撰文称赞。但六七十年代盛行的结构主义批评在诗歌领域推崇"极少主义"和"白色写作"，以德里斯·罗歇为代表的"原样派"（Tel Quel）诗歌小组则在这种语境下把强调形式与能指、摈弃意义与本体论的诗歌美学推向了极致。只有到了70年代末，随着时代的口味重新转向"简单"和"自然"，雅各泰才开始得到批评界的广泛认可，在他的诗歌作品再接受的过程中，新一代的文学评论家米歇尔·科罗（Michel Collot）、让-克洛德·班松（Jean-Claude Pinson）功不可没，前者把诗歌批评的目光投注到"风景"和"视域"上，而后者则审视了当代诗歌的现象学意义，也为"天真"和"感性"的诗学重新正名。另外，也不能不提到沿承"日内瓦学派"的主题批评方法的巴黎八大教授让-克洛德·马蒂厄（Jean-Claude Mathieu）率先写了大量关于雅各泰的评论，并指导了数篇相关的论文。1989年春，诗人让-皮埃尔·维达尔（Jean Pierre Vidal）前去格里昂采访雅各泰，在访谈中直截了当地向雅各泰指出："有人认为您在乡下找到了［……］一种避难所，来回避历史的各种恐怖，但实际上，您从来没有仅仅活在'树下'，也活在'人群中'"①。借此机会，雅各泰说明了他的一些作品是"带着置身历史时刻的情感"完成的，比如，他的早期诗集《亡魂曲》是他在第一次看到维尔科（Vercors）纳粹集中营的无辜者惨不忍睹的尸骨的照片时带着震惊写下的，另外，在《无知者》中的一些诗作如《在暴风雪的漩涡里》也折射了对一些历史事件的观察。事实上，在这些诗作中，诗人对历史的看法在某种程度上转化成对风景的感知，恐怖的体验与非审美化的风景体验交织在一起。除此之外，诗人远非对时代的问题漠不关心，在 1977 年，他投身环境保护的运动，提倡保护法国罗纳河谷受到威胁的环境和自然风景。雅各泰也开始用更明确的方式表达他的观点，即他选择的生存方式绝非在象牙塔中的消极逃避，而是在与风景的亲密接触里，寻找"光的喜剧""树的故事""山冈的睡眠"里包容的人世间丰富

---

① 《让·皮埃尔·维达尔与雅各泰访谈录》- 格里昂，1989 年 4 月 4 日 -5 日，载《当代瑞士》，1945 年 9 月。

的道理①。雅各泰把目光从主体与自我的问题转移到感性世界，这种诗学追求也与新时代的趣味不谋而合：在物质化与技术化的威胁下，传统的风景日趋消亡，法国的知识界越来越关注风景的话题。因而，在经历了时间的考验和接受的曲折之后，雅各泰的作品不经意地成为大学内外广为接受和探讨的一个奇迹，成为诗人尚在世作品就被归入"经典之列"的少数例外。

1949年，阿多诺提出"在奥斯维辛之后，不能写诗了"，"再写诗是一种野蛮"，在发现了策兰的诗歌之后，阿多诺本人承认了这个虚无主义的论断，他的观点在法国影响很大，这句著名的断言不免让法国战后的诗人一度失去写诗的勇气，雅克·杜班曾这样回应："在奥斯维辛之后，写一首诗是古怪的"②。针对诗歌存在理由的深刻质疑无疑与"理想主义的困境"③紧密联系在一起，体现了抒情、审美的历史困境。尽管置身"怀疑的时代"，但"瞬间一代"的诗人们最终选择了"相信"诗歌，试图在诗歌中"取消世界与我

---

① 见《观察录及其他旧笔记，1947—1962》，第98页。
② 见雅克·杜班《文化与社会批评》，载《棱镜》，瑞士帕约出版社，1986年，第23页。
③ 参见罗兰·杰尼，《内在性的终结》，法国大学出版社，2002年。

们之间的致命的距离"①,通过与感性世界重新建立一种本真的联系,来确立诗歌的意义与价值:诗歌帮助我们"更好地在这个世界上生活"。同样在1949年,雅各泰撰文论述"诗歌的危机",将它与灾难性的、非人道的历史事件联系在一起,深入反思了当代诗歌的危机根源,但同时,他表示依然探求一种"美学的秩序",期待揭示世界"在场的形象"和"隐藏的和谐"②。创作诗歌,在雅各泰看来,是为了"不要迷失道路,不要遗忘明亮"。

在1946至1953年间,雅各泰在巴黎工作期间接受了法国大诗人弗朗西斯·蓬热(Francis Ponge)的重要影响,对于"瞬间一代"诗人来说,蓬热无疑是"精神上的兄长",是先行者,尤其在五六十年代好比一座灯塔,用他"站在事物的立场"的宣言,指引一条朝向事物本身的诗歌之路。蓬热在巴黎的寓所多次接待过雅各泰,后来也去过雅各泰在格里昂的家做客,两位诗人结成好友,在蓬热去世后,雅各泰写了一首诗《空中的话语》献给他。在蓬热的影响下,雅各泰摈弃了早年作品中浸染浪漫主义传

---

① 见《缪斯对话录》,第302—303页。
② 见雅各泰《从里尔克到阿尔托的诗歌危机》,《当代瑞士》,1949年12月。

统的抒情调子，学会用"低音调"写诗，渐渐形成了他别具一格的低沉、含蓄的诗风。同时，雅各泰开始反思海德格尔的诗学观对法国当代诗歌的深刻影响，试图像蓬热一样把"本体论的思虑"从诗歌中排除，他也指出，海氏认为人像牧羊人一样守护存在的表述过于"自负""不如在对有限的事物更谦卑的关注中忘记这一点"[1]。雅各泰在一首题名《诗人的劳作》诗中用了"牧羊人"的典故，却用一种更含蓄、更谦卑的口吻把"守护人"的形象转化，最终指向事物和诗歌创作本身的脆弱性（"每个小时都在衰弱的目光的作品／不是幻梦，也不是构成哭泣，／而是像牧羊人一样守护和呼唤／如果他睡着会险些失去的所有。"）。诗人用清醒的意识把诗歌放置在感性世界和本体论的思考之间，寻求"中间的道路"，用诗与思想融合的方式，既反驳将诗歌从感性世界抽离的理想主义，也摈弃赋予诗歌绝对价值的唯美主义。"瞬间一代"的诗人们延续了从勒维尔迪（Reverdy）的"现实的抒情主义"发展到蓬热的接近"客观主义"关注具体事物的诗学，在反传统抒情主义的基础上重构一种新的抒情方式，作为"抵达

---

[1] 见《缪斯的对话录》，第309页。

世界的途径",与超现实主义诗歌背道而驰。但在对待事物的态度上,雅各泰逐渐意识到他与蓬热的观念不尽相同,最终与之拉开距离。蓬热在对物的关注里传递和投射了一种新的人文主义,即要赋予沉默弱小事物说话的权利,在这种诗学观念里,主体的烙印还是显明的,主体通过能够"让事物言说"的特权而占据了主导性的地位,作为"沉默事物的大使",自我透过事物以另一种方式呈现;当然,蓬热本人在后期也陈述了在表达事物时不表达自我的困难①。蓬热用辞学家的方式揭示和探索事物的"内在属性",雅各泰反驳了这种方式,"最终,我不那么关注树本身的属性,不会像蓬热那样出色地致力于此"②。再者,在蓬热的笔下,事物各成一体,独立自足,而不放置在与其他事物的关系中观照,相比之下,在雅各泰的目光里,事物"相遇",构成互相关联的网络,诗人好比"面对水、空气和大地的某种相遇的模式"③。蓬热和雅各泰相近又不同的诗学追求在当代的诗坛上相互辉映。

---

① 参见蓬热《站在事物的立场》,法国伽利玛出版社,1967年,第182—183页。
② 见《播种期》,第92页。
③ 见《具象缺席的风景》,第57页。

1959年，雅各泰撰写了一篇题为《人与事物》①（与萨特1947年献给蓬热的评论文章同名）的文章，梳理了在西方文学中体现的人与事物的关系，指出在"逻辑思想的巨大发展"之前即前苏格拉底时代，诗歌见证的是人与世界之间的"和谐、融洽"，而随着理性主义和逻各斯中心主义的发展，人与现实的分离愈加明显。浪漫主义的"幻觉"以为远离真实的世界可以抵达超验的世界。德国浪漫派诗人诺瓦利斯叹息："无限远离了花朵的世界……"。现代人与世界的分离在兰波的诗里化成绝望的叫喊和对他处的渴望："我们不在这个世界里"，"真正的生活在他处"。而存在主义文学指出了人与世界分离的"荒诞感"。雅各泰指出这种分离感的认识可归结为"真实的去蔽"，但他从加缪的"局外人"的反英雄的当代神话中看出了一种"思"的谬误：即用主体的思维把人与世界的分离设定为"流放"，构建出撕裂性的形象，又试图超越距离，来医治创伤。而蓬热说道："世界当然是荒诞的！世界当然没意义！但这其中又有什么悲怆性！"② 在"后抒情"的时代，雅各泰写道："在此时

---

① 载《洛桑文学报》，1959年1月。
② 参见蓬热《站在事物的立场》，第192页。

此刻的真正的生活是可能的"，他和他的同代人提倡用"洗净的目光"看世界，尝试在人与世界的距离上"栖居"，承认人的卑微，承认人与世界浑然一体的幻觉破灭，却拒绝哀叹，像一个"幸福的西西弗斯"一样周而复始地劳作，因而，在《西西弗斯的神话》的终结处，开启了一种新的诗学观，或许重建了一种贴近世界本真的抒情主义，正如现象学家梅洛·庞蒂（Merleau-Ponty）所言："唯一的抒情主义：永远重新开始的存在。"[1]

在巴黎居住的阶段，雅各泰在诗集《苍鸱》里承认自己"在生活里是一个异乡人"，"喜欢待在忧伤里"，"在碎屑、箱柜、[……]瓦砾"里固执地寻找过去生活的痕迹，而诗人笔下的风景讲述着时间的流逝与死亡的威胁（"短暂的火焰迎雾而上／一阵冰冷的风把它吹旺，吹散……天　黑了"，"你看水，它流逝／在你我的影子的断层之间"）。随着在格里昂定居，雅各泰开始找到"内"与"外"的平衡，像博纳富瓦一样决意"把眼睛从书上抬起来"，他从"内部的空间"里走出，朝向外界敞开。诗人指出，在"头脑的迷宫"里的自我流放好比是"死亡前的死亡"，

---

[1] 见梅洛·庞蒂《意义与非意义》，Nagel 出版社，1948 年，第 30 页。

探求绝对的超越,只能让人"像幽灵一样在世界经过"。他深刻反思"自我"的问题,拒绝文学中的自恋、怀旧的忧郁与抒情主体的抱负。"只有在遗忘自我时,我才能呼吸。在我的皮肉下的忧郁的思虑会阻挡我成为一个真正的诗人。"① 于是,雅各泰开始致力于克制自我欲望的内心修炼,从"隐退"和"静敛"出发,用敞开的胸怀接纳风景,如在《无知者》的《写给播种期的新笔记》《六月二十六日的书信》、《踩着月亮的脚步》《冬阳》等诗作里,诗人正是进入了"忘我之境",隐没的"自我"化成呈现事物的"媒介",传达"物内情"。"在天空与眼睛遭遇的地方,发生了什么"?② 雅各泰的提问引我们去看物本自然的呈现,风景的"出现",犹如"召唤","唤醒了目光"③。在目光与事物的"相遇"的"刹那",触及了一种真实却又不同寻常的关系,这不同于寻常理性的逻辑关系,正是诗意的关系("我行走／在一座新鲜火炭的花园里／走在叶丛的荫蔽下／一片炽热的木炭在嘴畔燃烧")。在与风景"面对面"的"相遇"的体验中,雅各泰指出有"一些宏大的情感,让我们感

---

① 见雅各泰《美文》杂志,"雅各泰专刊",日内瓦,1975 年,第 228 页。
②③ 见《穿越果园》,第 49 页、70 页。

受到与外部世界的联系,提示我们有一种隐藏的统一性,让我们重新找到一些非常古老的意象,它们似乎置身在人类记忆的某个深度。或许,这样的启示之所以赋予我们,只因我们超脱了自我,更朝向外部的功课敞开"①。因而,在对风景的关注中,雅各泰寻求在"荒芜的时代"与"深度"重新建立联系的可能,透过它,"我们能重新靠拢世界和他人"②,即重新找到一种可以沟通与分享的可能。而在雅各泰看来,风景"献出"的"深度","不仅仅是物质的深度,色彩的深度",而且对应"灵魂的内在","我们生活的最深邃的层面"③。雅各泰"在风景面前提问[他]的情感",诗人不是通过"内省"的途径探索内心的真实,而是通过与风景对话的方式,建立"内"与"外"的交流。雅各泰指出,他的诗歌所要找寻的"真实"不仅仅关乎"世界"或者"自我",而"或许在于我们之间的关系"④。

在50年代末、60年代初,雅各泰受到道家思想的影响,他特别欣赏老子的《道德经》,并撰文评

---

① 见《具象缺席的风景》,第115页。
② 见《隐秘的交流》,第320页。
③ 见《具象缺席的风景》,第55—56页。
④ 出处同上,第11页,第66页。

述。此外，雅各泰心仪中国古代诗词（他曾引用乐府诗和李清照的词）的"简单""轻盈"，"与真实的接近"，并在阅读法国汉学家格拉奈的《中国思想》时指出："诗歌朝向具体、秩序与宇宙的运动的深邃倾向，让东方与西方接近：在西方，诗歌是我们拥有的最中国化的东西。"自1960年起，雅各泰尤其受到日本俳句的影响，他折服于俳句的"潜在的深度"，认为俳句在"微小的画幅"里呈现出了"整个空间，整个世界的深度"。在一篇文章里，他用"明澈的东方"的提法表达了对东方哲学与诗学思想的不乏理想化的欣赏，希望为二战后的西方抒情诗找到一种"新的目光"。雅各泰对于"他者"的接受无疑是对于自我的另一种书写和表述。在靠拢东方智慧的过程中，他进一步坚信他选择的"归隐之路""返朴归真"，在静心体悟中"观万物之理趣"，并逐渐用生存方式的选择标志一种诗歌的伦理观，即表明"在此时此地的真正的生活是可能的"[1]，以回应兰波的表述"生活在他处"。雅各泰用"更自然、更含蓄"的方式"把诗歌放置在界限的内部"，反驳"过度、晕眩和沉醉"，力求"从最简单的事物出发，将近处与远处相

---

[1] 《隐秘的交流》，第309—312页。

联接"①。

当雅各泰探索风景的"深度"时,他的目光"从最深处到最远处",深入到"不可思议的、充满矛盾的真实"的内部,但这目光"不求占有",体现出"既猛烈又疏离"的悖论特征,因而,在诗人若即若离、自由无碍的观物目光中,风景既呈现了内在的诗意性,也显露出自身的相异性。诗人相信在世界里还是有"一种普遍的秩序","诗歌最终只是翻译它"②,而正如在他的翻译实践中一样,他"感到自我完全隐退","小心翼翼地不超出恰到好处的尺度"③。从60年代开始,雅各泰在风景面前不再试图传译和解码,完全敞开胸怀,只是靠近和呈现风景深处的"迷",接纳其中无法理解的奥秘,因而,他的风景可谓"有理趣而无理障"。以俳句为典范,诗人希望只在诗歌中建立事物之间的明澈关系,"丝毫不借助另一个世界,也不加任何的解释",只任由目光被"没有名字、没有历史、没有宗教"的风景触动④。在随笔集《梦想的元素》里,雅各泰追问"究竟是什么滋养诗歌",

---

① 见《日子》,第96页。
② 参见《论诗歌——雅各泰与雷纳乐·安德烈·夏拉尔对话录》,法国阿尔雷阿出版社,2005。
③ 见《播种期》,第210页。
④ 见《具象缺席的风景》,第144页。

并指出：正是与风景的"相遇"构成他的诗歌体验的源泉，而每一次"相遇"都是新的"发现"，"永远准备了初相遇的惊奇，初相遇的美妙"[1]，犹如经历"洗礼"。在《穿越果园》的一段文字里，雅各泰进一步阐明他的观物方式："事物映现在眼睛里，但并不是被占有；只是一个片刻，一个瞬间；好像递给旅行者的一杯水"，风景的体验因而成为一种"馈赠"，尽管不是持续性的，却好像"一杯水"在路上"止住了最烈的口渴"。在这样的风景体验里，雅各泰化为一个宁愿"无知"的"过路人"："永远地，我不断地重新上路；每一步我克制，又超脱……乘着无知的翅膀"。诗人提倡一种"纯真的文化"，认为真正的文化不应与纯真相悖，恰恰相反，而应包容纯真在内，他要打破的不如说是各种教条的、系统化的思想的束缚，因为，在观物的体验里，所有分析性、阐释性的思维并不能有助于更好地理解世界的"谜"，而只会让人越来越远离世界本身。

雅各泰的文字远不像给人的初印象那么明白易懂，正如他本人在译介俳句时所指出的，"看似简单

---

[1] 见《梦想的元素》，第144页。

和自然的丝毫不容易"①，在细读中，我们会发现："无知者"原来是一个非常博学的诗人，他的学识那么含蓄、那么谦虚地隐藏在风景的脉络里。比如，诗集《苍鹄》的标题实际上借鉴了布丰（Buffon）的著作《自然史》里对苍鹄的描写：它是在黑夜里哀号的白鸟，因其叫声尖锐而凄惨，令人感到畏惧和恐怖，被当作死亡的使者或幽灵，人们认为当一只苍鹄停留在屋顶，意味着它在用声音召唤一个人走进坟墓。如果说在雅各泰早期的诗作里，苍鹄像一个隐约的影子在盘旋，透露了死亡的讯息，那么后来，诗人承认他在夜里时常听到的叫声并不是他想象中的苍鹄，因而，那种叫声的阴森只是内心的焦虑的投射，而他在《播种期》里的一段写燕子的叫声的文字与此相对应："当百叶窗还关着，燕子最初几声的啼鸣撕裂长空，听上去只是阴森。但当我推开百叶窗，看到它们飞得那么高，在那么空旷的天空，一切都变了。"② 当主体封闭在内心的"地狱"里，只能在外界的"阴森"的鸟叫声，这阻碍了真正的倾听的可能，而只有当诗人排除了内心的杂念，才能感知到外界明澈的真实。诗

---

① 见《俳句选》译者序，雅各泰译，法国方塔·莫加纳出版社，1996。
② 见《播种期》，第53页。

集《无知者》里的诗《声音》则好像是《苍鹄》一诗的重写，在相似风景的背景之上，"苍鹄"的名字没有再出现，只是"看不见的鸟"，诗人以虚静之心，如庄子所言"无听之以耳，而听之以心"，心无挂碍，深潜到自然的幽深之处，才在万籁俱静中听到那个"低沉而纯净的"声音，终以"静中之音"臻于有声之外的意蕴更丰富的无限之境。

在《苍鹄》里的另一首写于意大利旅行期间的诗《夜晚的消息》里，有这样的三行诗："走在途中的异乡人不能／转身，否则他将化成／雕塑：我们只能向前。"这里暗含《圣经》的《创世记》里的一个情节：在上帝摧毁索多姆城时，只放走了一对夫妇，但赦免的条件是不能回头看，而女人在逃亡的途中忍不住回望身后的家园，立刻变成静止不动的盐柱，同时，这也折射了一则希腊神话：俄尔菲斯（Orpheus）用声音迷惑死神，以救回死去的妻子，但死神的条件是他在走出地狱之前不能回头看她，而他"回顾"的目光同样导致惨剧的发生，让她永坠地狱，诗人在化用典故时，表现出了反怀旧的态度，后来，他多次拒绝与象征传统抒情诗人形象的俄尔菲斯相认同，此外，在一则随笔里又提到意大利旅行的感悟时，雅各泰表达了害怕"像俄尔菲斯一样，用太长时间的回顾的目光,失去打开白昼的亮光的钥匙"①,诗人用神话暗示了"回顾的目光"的危险和谬误,却最终不是为了神话语境里的地狱出口处的"白昼的亮光",而是为了在现象学的"去蔽"的意义上揭示近处的本真。而在诗集《风》的一首诗的末尾出现的"给摆渡人的一枚古币"也取自希腊神话:在冥河上摆渡的船夫卡伦(Charon)向亡者索取一枚钱币,才肯把亡灵渡到冥府。但在这首诗里只保留了神话的一抹影子,这枚"古币"只是黎明将要到来的时刻里正在"昏厥"的蜡烛的一滴泪,"倒置的泪滴",诗里的"摆渡人"其实只是"穿越河流"的"风",不是渡向地狱,只是从黑夜渡向清晨,另外,在《穿越果园》的一段关于春天的泉水的描写里,诗人又提到了"古币",与泉水的纯白色相连:"我会留住这枚白色的古币,给那个早已不在的摆渡人"②,至此,"古币"只是神话的一道余痕,而"摆渡人"的缺席在纵向轴上转化了这个符号的意指,尽管保留了神话的回音,却只是在空谷中的回音,在记忆与现实、在场与缺席之间显现了张力,神性失落的现实在这个没有"摆渡人"的风景

---

① 见《意大利手记》,第75页。
② 见《穿越果园》,第81页。

空间里凸现出来，最终让位给"世界的散文"。在打开雅各泰的风景的褶皱时，我们需要懂得其中暗含的文化，但又要从中走出，把知识筛落，最终，轻轻地靠近诗意的"内核"：神话在这片风景里只剩下余痕，像一个睡在里面的精灵，也像一层笼罩在上方的薄薄的"面纱"，而所有的韵味，恰恰包含在剥离与残余之间的"间隔"。最终，在雅各泰的风景里，神话的余痕言说的却是"神话的死亡"，正像诗人所欣赏的塞尚后期画作里的没有人迹的风景一样，在诗的领域"标志了一种目光的新纪元"。

在早期的诗歌里，雅各泰写道："孱弱的美，连同她令人失望的秘密，/裹着雾衣裳"，他质疑建立在非真实的幻觉基础上的浪漫的"美"的诱惑，也拒绝"苍白、冰冷、无血"的"美"的纯粹的理念，他渐渐地把求真的目光投注"此在"的寻常事物中，看到"美"在"此地此刻"的现象中萌生，传达出难以捕捉的"谜"："你是冰冷河流上新生的火，/田野里跃起的雨燕……我看见，在你身上/大地之美敞开，执意地坚持"。在60年代初，雅各泰试图用风景的美"对抗死亡"，并引用他喜欢的小林一茶的俳句来回应："我们站在/地狱的屋顶上/看花"，但他最终承认：在存在的美与存在的否定性之间找到的"平衡"是脆弱的，在风景中的"栖居"只是"露水之居"("光明建在深渊之上,它打着战,/让我们快点住进这座颤动的居所,/因为没几天它就会坠入尘埃/或者粉碎,突然把我们染上鲜血")。雅各泰用清醒的意识揭示晦暗的力量的威胁,用一种诚实的态度承担否定性的重负,因而,他笔下的风景往往呈现出双重性的悖论特征,在这层意义上,可以借鉴克洛德·班松的一个悖论式的表达"清醒的牧歌"来界定雅各泰的诗歌。

在"彼岸"和"救赎"的幻觉破灭的时代里,雅各泰力图用一种"更裸露的目光"关注近处的世界,由此出发,他逐渐地转向剥落了神话的光芒、与崇高或永恒理想皆无关的"世界的美":"美在运动的、转瞬即逝的、脆弱的事物之中呈现"[1]。诗人用貌似轻淡、实则深刻的笔触写出了"世界的美"中蕴涵的"令人战栗"的"另一面",即无处不在的、无法避免的死亡。雅各泰所认识和感知的"美"与"真"密切相联,处在有生有死的世界的"有限性"的内部,"美"本身也带着有限性的深刻标记,他写道:"美"在埋葬"骸骨堆"、包含死亡的阴影的土地上孕育,"脆弱、单薄、几乎看不见","但它却与沉重的、恒定

---

[1] 见《具象缺席的风景》,第37页。

不动的事物相连；一朵花在山坡上绽放。就这样存在"①。雅各泰颂扬的"美"寻常如同自然界中的"一朵花"，它与马拉美笔下的"在所有花束中缺席的"体现本质的"理念之花"截然不同，带着存在的偶然现实所赋予的所有脆弱与力量。

在《苍鹄》的第一首诗的结尾，雅各泰写道：在"我们的气味／已是清晨时腐朽的气味／在我们灼热的皮肤下，透出骨头／在街角，星辰黯淡下去"，在这首诗中，存在的有限性不是抽象的概念，肉身的衰亡具有穿透性的力量，与处在消逝边缘的风景相对照，简直可令人联想到"万物皆空"画里呈现的虚无的实在感。在雅各泰后期的诗歌创作里，剥落了哀伤和焦虑的调子，诗人尝试着"将事物的轻盈与时间的重负相糅合"②，逐渐走向包孕"亦此亦彼"的美学境界，在"轻盈和沉重，现实和神秘，细节和空间"③之间编织一种微妙的联系，一种似有似无的平衡。即使当诗人在《功课》里在最近处审视死亡时，他不乏痛苦地揭示出包含摧毁性力量的"简朴"又粗糙的现实本身，他也依然带着"不确信"的诚实接纳了存在的否

---

① 见《播种期》，第56页。
② 见《日子》，第36页。
③ 见《播种期》，第20页。

定性，时而用朴素的语调将之与自然界的荣枯衰亡的现象相交融。在深受俳句影响的诗集《风》中，我们可以找到许多首短小精练的诗，在趋向整体性观照的视域里，诗人展现了构成矛盾的元素对撞又互补的张力关系。比如《冬月》一诗：

> 为了走进黑暗
> 拿起这面镜子，里面熄灭了
> 一场冰冷的大火：
>
> 抵达夜的中央
> 你会看见只映照了
> 一场羔羊的洗礼

正如其他两首诗作《黎明》《夜的最后一刻》一样，这首诗中书写的时刻是从黑夜到白昼的过渡。诗的两节并列对称，属于同一个语义场，"黑暗"与"夜的中央"相对照，"镜子"与"映照"相呼应，从"冰冷的大火"过渡到"羔羊的洗礼"，呈现出投影的效果。第一节引入第二节，矛盾式修辞"冰冷的大火"对应"看不见的火"，而实际上，回应诗的题眼"冬月"，全诗正如冬夜风景在镜中的的投影，对立物透过"镜子"相互汇合,互印互参,互认互显,正如感性世界在诗的页面的投影,是另一种真实:抵达"夜的中央",抒情的主体"虚位",在"镜"的中央隐约呈现,似乎进入了一种在黑暗中认知的"镜像阶段",通过否定的途径抵达世界的现象的认知。光明在黑暗中萌芽:"羔羊的洗礼",这个不免带有宗教性的明亮形象与"黑暗""大火"形成鲜明的对照,喻示诞生,新生命的开始。因而,在"大火"中蕴含不言自明的灾难和毁灭,在"洗礼"中引向黎明来临时的新生,从黑暗到新生的光明。诗的形式特征与所指相呼应:对立物之间的相互对照与过渡。

雅各泰将对立物相结合,揭示它们相生相长、互相转化的关系,但不求在黑格尔意义上调和性的"第三项的超越"。雅各泰认为,在真实的"中央"有一个"神秘的点",对立物在那里"相遇",在表面上看,这个论述与安德烈·布勒东对于"没有矛盾"的"精神的点"("一切让人相信存在着某个精神的点,在那里,生命与死亡,真实与想象,过去与未来,可交流的与不可交流的,高处与低处不再被感知为相互矛盾"[1])的追求相近似,但实际上各自的美学

---

[1] 见安德烈·布勒东《超现实主义宣言之二》,收录《布勒东全集》,第1卷,法国伽利玛出版社,"七星诗社图书馆"丛书,第781页。

内涵相差甚远：归根结底，布勒东极大地打破了不同层面之间的真实边界，在词语的"熔炉"里将对立的元素撞击又融化，抵达一种超现实的、具有爆炸性效果的"美"（比如布勒东在一首描写大地的诗里这样写道："大地充满了比水中更深邃的倒影/仿佛金属晃动了它的脖子/而你躺在可怕的石头的海洋里/你会转过身/赤裸/在太阳巨大的焰火里/[…]我有时间把嘴唇/贴在你的玻璃大腿上"），这个超现实主义的诗人在一个不存在的地点——"精神的点"上取消了对立物的差别和距离，抵达一种绝对的融合与"结晶"的梦想，在某种程度上，在诗的层面上实现了黑格尔的哲学命题。而对雅各泰来说，正如存在的有限性一样，对立物之间的矛盾是不可超越的，但他又在对立物的"相遇"里找到一种"顺随物性"的"安宁"，在对立物之间自由穿梭，但承认不可取消的界限的存在（"在最遥远的星辰和我们之间/距离，无法想象，仍然存在"）。雅各泰质疑超现实主义的"迷醉，永恒的火光，或者只是一连串的充满激情的跳跃，在界限之外"，"因为，这一切都太像多少有点虚假的人为的沉醉"[①]。他将对立物靠拢，却质疑对立的

---

① 见安德烈·布勒东《超现实主义宣言之二》，收录《布勒东全集》，第1卷，法国伽利玛出版社，"七星诗社图书馆"丛书，第335页。

融合("或许,一点点地糅合／苦难与光明／我能进一步?","简直可以说,一瞬间／地域安宁,日子愈纯净。／我们究竟成了什么,若须把这黑铁融在血液里?")。雅各泰寻找的"中央"尽管带有某种神秘性,但始终在"世界的肌肤"的内部,与感性的事物相接近,他这样写道:"我寻找一条通向中央的路,在那里,一切平静下来,一切停止。我相信,触动我的事物离它更近。"[1] 和"瞬间一代"的其他诗人一起,雅各泰寻求贴近和传达世界真实的"质感",从而为超现实主义所标志的"意象的年代"彻底画上句号,致力于在诗歌中"接纳"现实本身的"宽广、多样性和深度"[2]。在诗集《风》中的一首诗里,雅各泰写道:

一切颜色,一切生命
在目光停驻的地方萌生

世界只是
一场看不见的大火的山脊

---

[1] 见《具象缺席的风景》,第47—48页。
[2] 见《缪斯对话录》,第300—301页。

诗人在前两句里淡淡地呈现了世界在目光里的自如"绽放",延宕出不言自明的"丰盈"("眼睛:一潭丰盈的泉水"),但在随后的两句里笔锋一转,道出一种深邃的、无法言明的神秘:真实的饱满如同镜中之火,消融在虚无的边界;在可见物的丰富的表象之下,"不可见"的根基凸现,却又反衬了其上萌生的万物的活泼泼的"颜色"与"生命"。在雅各泰看来,现象的自性在本质上是不可把握的,总在"逃逸",因而,在他的视觉中,便有了"缺席"的位置,"不可见"包容在"可见物"之中,而不在其背面,两者呈现出"你中有我、我中有你"不可分离的密切关系。诗人常常用"不可见"的飘缈形象,暗示出一种不在的"在场",以有形写无形,这也赋予他的后期诗歌"空灵""清瘦"的特征。

雅各泰力图避免让诗太饱满,用少而又少的几近"清贫"的语言,来言说"很少的事物"承载的真实,来对应清贫的思想("在我们的话语里,/越少贪婪和饶舌,/越能让人更好地忽视,/直到在它们的迟疑里看见世界闪耀/在饮醉的早晨和轻盈的夜晚之间。/愿隐没成为我发光的方式/愿清贫让我们的桌子满载果实累累,/死亡随心所欲,将要来到或还模糊，/愿它滋养无穷无尽的光明")。雅各泰指出，他寻求剥落语言中的套话、各种装饰性的成分、意识形态和修辞学的"外衣"，剥落过于优美、明亮、幻觉性的意象，用一种贴近"根本"的朴素的语言，与真实建立一种亲密的关系，"试图超越词与物之间的对立"。雅各泰还指出，在超现实主义诗歌的"自由泛滥"的意象里，他"只看到词语本身"，而俳句的发现引导他"找到一种完全不用意象、使用尽可能少的意象的诗歌"，于是，他从早期的"话语诗"走向了后期的"瞬间诗"（引用诗人自己在《播种期》里做出的总结），用"简单符号的并置"传达"瞬间"的真实。他笔下的诗意"瞬间"往往透着悖论式的明澈，"静止又飘逸，强烈又轻盈，颤动又宁静"[1]，正如下面这首小诗里呈现的风景一样：

> 在空间里
> 空荡荡，只有波光闪闪的山峰
> 空荡荡，只有炽热的目光
> 交错

---

[1] 见《播种期》，第13页。

鸫鸟和野鸽的目光

诗里的风景描写极其简约，在短短五行字里，诗人连用两次表示限制否定的法文句式，"空荡荡，只有"，反而衬托出空间的充盈。在山峰前"交错"的目光是"鸫鸟和野鸽的目光"，人的缺席让位给了生动盎然的风景。整首诗如同一幅中国古代的山水画，穿梭着"有"与"无"，"虚实相生"；诗人好比用几笔"泼墨"画天与地之间的山，以皴笔点鸟，而鸟是明亮而朦胧的风景的一个个"结"。诗的文字层面的省略营造了画面的"留白"效果，"无墨"的空白处也透着诗意，"空中见有，以无藏有"，从而"皆成妙境"。在论及风景美学时，雅各泰提到中国风景画中的隐与显相辅相成的美学观念，他希望像中国的山水画家一样用微妙的笔触表现云雾、光线中若隐若现的山峰。在关于西方绘画的艺术评论中，他进一步阐明了他所寻求的美学境界："美"在于实现"有限"与"无限"的悖论统一。因而，他欣赏伦伯朗的作品，因为其中有"无限"的影子，"既朝向中心聚拢，又朝向无限，既平稳又敞开"，但排斥安格尔的作品，认为"里面只有有形，因而，即使他的绘画具很有技法,却是贫乏的",他还指出,在夏尔丹、布拉克的作品里,"无限被驯服了,变得柔和,正如映在灯笼里的火"。同样,他在诗歌中探寻用具体的形式容纳颤动的"空",营造出飘缈、灵动的轮廓,把无形容纳在有形之中,把诗歌化成"一盏盏小灯笼,里面燃着另一种光的投影"①,他摈弃绝对的超验,却寻求在此在中的超越,让"无限进入有限之中,散发光芒"②。因而,在界定诗的意义时,雅各泰将诗比作可以投影无限的"种子",他写道:"无疑,诗带来很少的东西,或许不比一粒种子更多:但在这粒微小的种子里,却有全部的'无限'"。

*

转眼间,我与雅各泰的诗歌"面对面"的接触已有六年的时光。在北大读研期间听秦海鹰教授、董强教授讲诗歌,带我步入当代法语诗的世界,还记得2001年初读雅各泰的诗《声音》时的怦然心动,这本白色封皮的《雅各泰诗选1946—1967》从此成为我的"枕畔书"之一。2002年6月,在董老师的课上听树才先生介绍雅各泰其人其诗,曾一起探讨雅各泰

---

① 见《播种期》,第263页。
② 见《隐秘的交流》,第311页。

的诗作。2002年9月，赴日内瓦大学进行美学与文学专业的深造，在诗歌理论专家罗兰·杰尼先生的指引下，我开始研究雅各泰的诗歌作品与思想，一次次往返在洛桑与日内瓦的途中，穿梭在诗人的各种著作、手抄本、散落在五六十年代发黄的旧报刊的文章和关于他的评论之间。在此期间，我也得到多丽丝·雅古贝克（D.Jakubec）女士的指导，她为人和善、朴实，与她谈诗论道的诸多时刻是我记忆中的一份珍贵底片。2003年年底，在秦海鹰老师的建议和鼓励下，我开始翻译这本诗选，在日内瓦花了整整六个月的时间完成了初稿。2004年春，我结识了瑞士的汉学家毕来德先生，有机会聆听他从另一个角度讲雅各泰的诗学，非常难忘。回国后，在恩师罗芃先生的严格指导下，进一步研读雅各泰，终于在2006年完成一篇五百多页的论文。此间，也结识北大的诗友冷霜，得到他的鼓励，读到了他本人以及他转来的黄灿然先生由英文转译的几首雅各泰的诗，更感到在国内并不是一个人在独自进行这份工作的欣慰。2006年3月，曾参加巴黎三大的张寅德先生主持的第一届青年译者工作室的培训，听张老师谈翻译之道，和大家一起讨论在译雅各泰的诗的过程中遇到的问题，受益匪浅。当我终于要轻轻合上这份译稿，由衷感谢在我攻读博士期间曾给予我所有支持与帮助的人们。

在过去的岁月中,雅各泰的诗文陪伴着我度过了许多宁静的时刻。翻译给我机会去更切近、深入地体验雅各泰的诗,去触摸诗的语言肌肤,也透过这个机会,更多地去思考雅各泰带给我们什么,为何以它静默的魅力打动了那么多的心。雅各泰散发智慧的诗歌思想也传达了一种朝向世界敞开、探求本真的生活哲学,怀着感恩去读、去译,尝试着将我所认识的雅各泰与所有爱生活、爱真理、爱诗歌的人们分享。终于,《雅各泰诗选》的汉语版于2009年6月在上海人民出版社的"法国诗歌译丛"(秦海鹰、树才主编)首次问世。时隔十年,应上海九久出版社的何家炜先生的邀请,我重拾旧日的译作,对于全书做了一些细节的修订。在此也要特别感谢推动诗歌翻译出版的两位出版人楚尘先生、何家炜先生。

2004年秋冬,我在日内瓦大学刚刚顺利完成DEA(深入学习—研究硕士)阶段的法语论文答辩,在开始撰写博士论文的同时,集中精力进行《雅各泰诗选》的翻译,也有多少受到雅各泰本人当年也是在26岁将德国浪漫派诗人荷尔德林的诗作翻译成法语的经历的鼓舞。这位诗人翻译家在翻译观的方面强调对于陌异性的"倾听"以及对于"恰到好处"的翻译风格的追求。受此影响,在第一次进行这本诗集的翻译时,我不免多有谨小慎微,反复地阅读、推敲,也查阅大量的相关研究资料,力图在深入倾听-领会的基础上去逼近原文的全方位意境。然而,十几年后,我重新阅读当年严谨中还有青涩的译作,体会到在汉语语境中可在恰切的基础上略微放开一下对于原文的句法、断句格式的严谨遵守的必要性,但愿在形与神的双重层面上更贴近一些雅各泰的诗歌风格与意境,则无憾也。尽管做了多次细节的修订,仍难免有不足之处,还要恳请各位读者朋友们指正。

在多年的翻译与研究的过程中,雅各泰的精神肖像日渐清晰起来,与他同时代诗人的"面影"互映,就像一个"星座群"次第亮起来,映亮了阅读的天空,带来一种朴素的、不乏悖论的思想的光芒,这光芒不太耀眼,却足以滋养心灵,引我一次次走出迷雾,继续行路。因了研读和翻译雅各泰的诗,我不断遇到一些同道的人们,分享阅读带来的愉悦,在遇合中激发出新的灵感和研究的兴趣,仿佛出于偶然,又非偶然,这一切都让我在此刻再一次静默的感恩,感恩于诗歌的馈赠。阅读雅各泰,拾起他播撒在风景的字里行间的"种子",这一粒粒"种子",难道不正是给予在这个世界上行走的我们的精神"食粮"吗?难道我们不正是从雅各泰的风景体验里接过了风景给予他的"一杯水"的馈赠吗?正如多丽丝·雅居贝克女士所说的,这杯水带来了"初雪融化"的清新,或许提示我们不仅进入雅各泰笔下的风景世界,更应该追随他所选择的简单的、"创造性的"生活方式。

2007年7月初稿写于瑞士莱蒙湖畔

2019年2月修订于上海